行屍別哭

Neo_著

To mourn a mischief that is past and gone is the next way to draw new mischief on. ——William Shakespeare

為了一去不復返的災禍而悲傷將會招致新的災禍。——威廉．莎士比亞

Contents
目次

【名家推薦】

屍情畫意！

——**走路痛**（小說家×Youtuber）

Neo寫的不是小說，是熱血！每次和他聊創作，手指都會發燙。

——**藍白拖**（寫字人）

為所愛的人而寫的故事，每一頁都充滿著思慕與掛念。和邪惡的人一相比，恐怖的僵屍瞬間成了相對可愛的存在。深諳聊齋筆法，對人性的諷刺不留情面，Neo的行屍帶著我見識了萬物的慟哭。

小情小愛為何不能撐起整個世界？

失去控制的「大愛」造成了最壞的時代，而對伊人的「小愛」卻支撐起一整個世界。

當「利他行為」進行到了個人的極限時，人們開始思考合作的可能性。更甚者，當「利他行為」能帶來迅速且純粹的成就感時，人們開始快速的依附。

然而，二個人相處，溝通變得重要，而三個以上的人相處，對於制度的依賴將會隨著人數的增加而快速攀升。過度依賴制度後，原本純粹的「利他」將會變形扭曲，幻化成噬人的獸。

放眼古今中外，不乏變質腐敗的政教團體。人心、社會、觀值腐化時，這些團體更是能匯集所有的汙下之人與卑劣之事！是種能集燦爛與腐臭於一體的超扭曲存在。

故事中的屍變來得那麼快那麼突然，讓人措手不及的世界崩壞、秩序淪陷，真正的原因竟然是那麼的「出乎意料之外」卻又那麼的「入乎情理之中」。

在殭屍橫行的世界裡，不管走到何處，都會遇到比殭屍更可怕的存在——人。Neo老師似乎用盡全力的體現「世界上最骯髒的地方是人心」這個觀點。

有別於常見的喪屍故事，倖存者們總是團結合作的想要戰勝殭屍、存活下來。《行屍別哭》故事中的倖存者們，卻大多體現出他們卑微弱小不堪的一面。為了活下來而出賣肉體、為了活下來而聚眾行使暴力、活得安穩卻開始貪求享受、活得沒有目的於是開始逞己之獸慾、活得始終如一的厭世……

我彷彿看見了行屍版的《蒼蠅王》。讀慣了《金銀島》式的童話，對於飄流荒島上乖巧小孩們的團結與合作深信不疑後，再讀小孩們相互殘殺的《蒼蠅王》，是種道德上的激烈碰撞。

讀《行屍別哭》也給我帶來了相同程度的劇烈碰撞。

我們能愛一個人到什麼樣的程度，我們就能恨一個人到什麼樣的程度。我們想出多少的辦法與手段去愛人，我們就能想出同等的辦法與手段去害人。

讀完這個故事，讓我再一次的省思。人之所以為人，能高於其它生靈，只在於人類有愛的能力、有想要維持愛的念頭、更會盡己所能的去維持愛的狀態。而當人類變得不再像人類，甚至成了怪物，也常是根源於此！

人要如何活著，答案只能往自己的心中探尋，別人的答案，不會是自己的答案，「天使」就是為此存在的。

——**曾依達**（作家／《妳留下的十一個約定》作者）

1. Lose Control

二〇一六年九月一日，迷霧開始。

凌晨三點鐘，天空瀰漫著霧狀的雨水，那幾乎要成滴的雨水，隨著徐徐飄風亂竄在空氣之中，使得整個城市像是包圍在迷霧裡，生機全無。

這個現代城市，大量的水泥叢林，看板霓虹，全被迷霧淹沒，宛如山林裡的馬丘比丘，沾染著朝霧，有著遺世獨立感，但是隱隱若現的路旁車輛及交通號誌，在閃黃燈的一瞬間，又把時空拉回到了摩登。

突然大地喘氣怒吼，地震開始，搖搖晃晃讓這時空的睡人們，從美夢中稍稍抽離。

阿寒，一個平凡的上班族，已婚男性，在床鋪上翻了身，睡眼惺忪，欲打開眼睛，但是沉沉的疲累睡意席捲不走，身體清楚感知到，地震發生了。

「應該一下子就不搖了吧！」阿寒內心想著，畢竟多年來地震頻繁的台灣，這也不是新鮮事了。

阿寒所在位置是桃園市中壢區，一個集合式住宅，十二層樓高大樓的第十層。

桃園沒有任何大型地震災害的經驗，因此阿寒繼續讓睡意恣意妄為，雖然偶發餘震陸續傳來，但是隔天要早起到公司與美國客戶電話會議這件事，讓他更煩躁想逃避。

痛苦的不是工作本身，而是「早起」這件事。

棉被拉得更高了，阿寒的頭幾乎埋入被褥之中。

無法早起的最大原因就是睡眠不足，阿寒對生命充滿著熱情，任何事情都容易沉浸其中，一旦沉浸，時光就飛逝，讓他總是捨不得睡覺，接著隔天也捨不得起床。

少年時期的一場奇怪感冒，造成他右耳幾乎失聰，但是他喜歡拉小提琴，總是喜歡開玩笑說：「因為小提琴夾在脖子左邊，離左耳較近，這樣右耳就不需要使用了。」

每天晚上他都會練習小提琴，一小時的弓弦摩擦後，腦中帶著那些旋律進入浴室盥洗，完畢之後是訊息的接收與釋放。

接收是大量的閱讀，還有上網爬梳資料，釋放是寫作，寫旅遊專欄也寫長篇小說，這些結束之後，緊接著是與太太一起打電玩，直到睡前還要翻翻武俠小說，一入迷也就熬了夜。

當然這只是近期感興趣的事情，更別提以前著迷著野外求生還有考古學等等。

這世界對他來說是多采的，讓他每天都充滿著期待。
曉穎是阿寒的妻子，也是枕邊人，善良而單純。
今天的她睡得很香，似乎沒有感受到地震的威力，身為一位鋼琴老師，對於聲音十分敏銳的她，可能這樣的地震擺動，她的身體會自動認為只有舞蹈老師才應該有反應。
曉穎是個殭屍迷，從「惡夜三十」到「行屍走肉」，「嗜血菌株」到「末日Z戰」，即使連異曲同工的吸血鬼題材也不放過，「暮光之城」還有「決戰異世界」皆是，如數家珍、倒背如流。
去除種玫瑰與烘培等較「正常」的興趣，她最喜歡玩的電玩遊戲是「惡靈古堡」，她總是最期待與阿寒的夜晚電玩時刻，一起打殭屍非常紓壓。
當鋼琴老師辛苦的不是面對各式各樣的學生，而是面對異常執著或是偏見極深的學生家長，所以殺殭屍非常可以幫她釋放情緒。
她也常常幻想：「要是哪一天這世界真的感染了疫情，路上充斥著大量的殭屍，那該會多有意思，我們又該何去何從？身為台灣人，應該滿會生存的吧！」
她殊不知，這個幻想，竟然有成真的一天……
碰——！
劇烈的撞擊聲從遠邊的街角傳出，迴盪在迷霧的夜空裡，格外短促，彷彿聲音都被迷霧給馬上吸附殆盡。

緊接著傳出的是汽車警報聲響。

叭—叭—叭—叭—叭……

接連的警報呼喊，乘著迷霧傳出，像是詭譎的彪音。

「你有聽到嗎？外面是不是有車禍啊？」曉穎翻了身用手搖搖阿寒。

阿寒剛從奇怪的武俠夢裡驚醒，停頓了幾秒鐘才回神反應：「啊？妳說地震嗎？沒事啦！」

他耳裡聽到街角傳來的汽車警報聲響才稍作聯想。

「有車子的警報器響了，應該是地震造成的。」

「地震？剛剛有地震嗎？」曉穎接著問。

「嗯。」

兩人有默契的準備繼續睡去，彼此手還牽著，突然間整個世界像是突然被遙控器按了靜音一樣，似乎許多周遭的細微聲音都不見了，這樣的突然寂靜，讓戶外遠方傳來的警報器聲格外明顯。

兩人驚醒。

阿寒坐起身來往四周觀察：「好像是停電了。」

大樓電梯使用的備用發電機開始啟動，忽然寂靜的夜空多出附近各個大樓發電機的運轉聲，嗡嗡作響。

兩人很有共識的，稍微移動了身軀，調整好睡眠的姿勢，想再多睡一會兒。

阿寒想著：「很快的，像過去一樣，停電一會兒時間就會修復，就像以前一樣……沒什麼大不了的……應該沒事的……」

或許是一股不安來襲，也或許是擾人的事情接連發生，翻來覆去總睡不好，阿寒離開床，按了手機，就算停電，手機電池還是讓螢幕瞬間亮起，在黑暗的房間裡顯得格外刺眼。

03：33 AM

「咦！手機沒有訊號耶？奇怪……」阿寒納悶著。

阿寒拉開窗簾，往外面探視，整個城市一片漆黑，加上迷霧般地飄雨，能見度不太好，但是對面大樓的窗戶裡有幾戶光影晃動，想必是在使用手電筒，或是跟他一樣正在使用手機。

「曉穎，我覺得很奇怪，有點不大對勁耶！」

曉穎也起了身走到阿寒背後，揉揉惺忪的眼睛，把下巴慵懶地放在阿寒肩膀，一起望著外面的迷茫。

夜空裡陸續出現了更多的噪音，像是大家一同約好似的，自從警報器響後，開始了短暫的靜謐，接著是發電機的震動，然後開始放聲混亂：

有狗在吼叫，遠方傳來人的尖叫聲，有爆炸的聲響，還有許多碰撞聲，接二連三，彷彿小巨蛋突然座落在側一般，演唱會般的熱鬧雜音，也像是斷斷續續的競選造勢晚會，這個夜晚不再寧靜。

中壢大樓林立，即便是在十樓之高，要窺知其他方位的動態，也非常有限，好奇心讓阿寒打開了窗戶，想探知到底怎麼了。

冷冽的空氣吹入屋內，阿寒與曉穎兩人彼此挨著更緊了。

細細飄雨打窗戶上，尤其是打在冷氣室外機額外明顯，好像雨勢開始變大了，而水絲隨風開始沾染上兩人的臉龐，阿寒滿臉疑惑的轉頭看著曉穎。

他發現曉穎目不轉睛的望著遠方，睜大著眼睛從驚訝轉變為驚恐，並從她的眼珠子裡看到了明亮火光的反射，疑惑加乘，趕緊再度轉身望向窗外。

「你看到了嗎？那邊……」曉穎驚恐的指向遠方說：「那邊好像失火了……」

火光在遠處大樓的頂端，讓大樓嚴然像是巨型火把一般，開始熊熊燃燒，但是在迷霧亂雨中，又像是搖曳的燭影，若隱若現。

阿寒想到家裡有一個望遠鏡，趕緊跑去隔壁房間拿來觀望，專心地調整著焦距。

遠方火光隨風搖曳，加上迷霧般的不良視線，但是那大樓頂端的形影還是讓阿寒聯想到了什麼。

他把望遠鏡遞給曉穎：「你看看，如果我沒看錯的話，我覺得……我覺得那屋頂上很像是一台著火的直昇機耶！」

曉穎看到後小聲的驚呼了出來，兩人不可置信地彼此對望。

開啟後的窗戶，窗簾隨風搖曳，窗外的噪音隨風模糊又清晰的陸續傳來，雨勢似乎更大了。

那迷茫的迷霧之中好像夾雜著一絲絲詭異的哭聲，像是洞簫的嗚奏，也像是低頻的哀嚎。

嗚呼呼……嗚呼呼……

天空還是模糊不清，迷霧籠罩，等待散去之後，是清明，或是……另一個程度的黑暗文明……

2. Milky Way

二〇一八年四月十七日，迷霧後一年多過去。

「牛奶，這該死的牛奶。」穿著帽T外套的阿寒內心自責又憤怒。

阿寒本來只是想說這一帶是否有機會發現保久乳，本來也想說只是多走一點路而已。

「那一間還沒去過的Mister Donut應該會有牛奶吧！該不會也是新鮮牛奶？每次找到牛奶都是已經酸掉變質了……可惡！」

畢竟這城市已經好久沒有電了，畢竟阿寒的老婆一直夢想著喝到拿鐵咖啡。

這次出門阿寒還特地拍胸脯保證會帶保久乳回家，但是離開家也不過短短十幾公里的距離，本來還想再走更遠一點去探索，結果卻根本沒機會。

阿寒困在中壢前站的墊腳石書店裡，已經兩天了。

好險這裏還有有點「文明」：還算友善的人們，大量的書籍，一本接一本的燒著，足以應付現在這異常的天氣。

應該是春天時節的時候，寒流竟然持續了三天，牛奶還沒拿到，阿寒反而已經把隨身黑色大背包裡的戰利品分送出去，一小箱Nutella巧克力醬，畢竟為了融入群體，分享是最快的方式。

「曉穎一定很著急，我得趕快回家。」阿寒內心擔憂著，但是面對現況也不知如何是好。

身邊圍繞著火爐取暖的人們都是泰國人，在大量外籍勞工群聚的中壢火車站，要遇到泰國人也不是什麼奇怪的事，更方便的是，他們都熟稔中文，基本溝通不成問題。

距離上次鬼魅般迷霧的那一天已經一年多，日期時間對倖存者來說漸漸失去了意義，迷霧來了，接著散去，文明也隨之逐漸消逝。

隔著幾個店家，落地玻璃窗與電動門都已經破裂的7－11，明顯的招牌還寫著「整個城市就是我的咖啡館」，而那些咖啡好像都沾染上了行人，滿滿的行人都呈現咖啡色的膚色。

嚴格來說，已經不是人了，應該稱為「行屍」。

有著人的體態，但是眼神空洞，皮膚都焦黑成咖啡色，表面上暴露的血管紋路是深層的暗黑，感官與動作較為緩慢，但是似乎能聽能看也能聞。

這樣的「他們」，不時會發出低鳴「嗚呼呼……嗚呼呼……」，像極了哭泣的聲音。

這些行屍一直都散落在各地，隨意的行走，漫無目的，只是最近的情況跟以往很不一樣，行屍莫名的密集出現，中壢前站一帶「屍」滿為患，使得阿寒受困在此，無法輕易地移動。

「我想，我該走了，再不回去…我老婆一定很擔心，我決定今晚就離開，晚上他們行動力比較慢。」阿寒對著大家說。

一個女子說著一長串的泰文，接著身旁壯碩男子似乎在幫忙傳達女子的意思，對著阿寒說：「真的嗎？現在外面還有很多Zombie，很危險！」

另一個少年也用不標準的中文說道：「門口有Zombie，出去，很不好！很不好！」

阿寒看著這位少年腳上用一條米白色的布幔綁著，上面透出血紅，是行屍突襲造成的，少年的神情掛著經歷過劫難後的深沉。

他說的話，或許該聽聽。

Zombie，各國皆通的名詞，自從迷霧災變後，這世界多了很多的這樣的行屍生物，他是你我的朋友，也可能是你我的家人，但是如今，他們已經是我們的敵人了。

「我想，一直待在這裡不是辦法，這裏太危險了，你們確定要一直待在這裡？要不要跟我一起，我住的地方是大樓，高的地方比較安全。」

「不了，我們要待在這裡，我們還在等我們的朋友，我們約好在這裡的。」壯碩男子回應著。

中壢火車站附近確實一直都是外籍勞工們約見面的重要地點。

阿寒心裡感嘆著：「這些在外的遊子，一定很想念家鄉吧！不知道泰國是否也淪陷了？其他國家呢？不知道行屍現象爆發後，他們是過怎樣的日子？跟我一樣嗎？」

身為島國，自從迷霧災變之後，沒有網路沒了通訊，電力與網路更在迷霧後僅有短暫的一週修復期，失去電力後，仰賴3C的我們，別說其他國家的情況不得而知，就連台灣各個縣市狀況如何，我們都資訊薄弱，大量的人口失蹤，最可能的猜想就是，失蹤的他們都成了行屍了。

最為注目的那一支YouTube影片，在短短一天內破了當年度的最高觀看人次，那是一個空拍機拍攝到台北街頭大批的行屍，在低鳴哭泣聲中，啃食著人們，混亂的影像中，人群哀嚎尖叫聲此起彼落，還有人目擊知名影星在談話性節目中突然抓狂咬食主持人的失控畫面。

不只是台灣，世界各地的傳言、影像充斥著個社群網路平台，但是一直沒有任何國家的政府官方公開考證與說明。

台灣知名論壇比新聞更早推出了「懶人包」，收集與分析地震當天各地災情的關聯性，與行屍攻擊是恐怖攻擊的謠傳。

而也有人聲稱，即使刺傷心臟都沒有用，唯有砍掉行屍的頭，才能停止他們的行為。

傳播途徑並不清楚，有些人猜想是透過詭異的迷霧，也有人猜想跟當天地震有關，不知道怎樣才會轉變成殭屍，還尚待疾病管制局的報告，但是肯定的是，被啃食的人，並不會變成行屍，只有傷口過大直接流血至死之風險。

談話性節目也熱烈討論，有人說台灣無敵，因為大多房子都有裝鐵窗，行屍不易進入，再來是行屍一直發出類似哭泣的聲音，實在太好辨認，要活命只要避開哭聲即可。

雖然如此，就這些媒體還存在時，人們還是有種看熱鬧、或是唯恐天下不亂的心情在炒作。連知名部落客都畫出四格漫畫歡呼道：「太好了，老闆變行屍，明天不用上班了。」也有業配文出現：「使用這款我推薦的眼影來畫煙燻妝，讓你即刻變行屍，Cosplay界最受歡迎，目前最潮裝扮。」

那些都還是文明存在時的片段，現在什麼都沒了，網路、人氣、一百萬個讚，現在人口遽減，能找到倖存的活人，已經是萬般幸運了。

夜晚，街道上還是不時迴盪著低嗚哭泣聲，書店鐵捲門被眾人合力拉開，阿寒側身躺著滾出來，鐵捲門隨即就關閉了。

雖然沒有拿到牛奶，收集到的巧克力醬也分出大半，至少在書店裡，帶走幾本小說放在背包裡，是打發時間的娛樂聖品，也是擁抱文明回憶的好東西啊！阿寒內心自忖著。

阿寒蹲低著身子用路上的汽車做掩護，悄聲地前進。

中壢火車站前施工到一半的捷運，那些諾大的「半成品」遮蔽了視線，阿寒無法窺知前方是否有危險，除非空氣飄來那氣味，他才能知道危險將至。

那氣味非常像是煙灰缸的餘韻，也是混入行屍之中的好方法，這是好些日子以來發現到的方法，阿寒左右手指縫皆各夾著三根點燃的香菸，與行屍氣味類似，因此在前進時不太受行屍注意。

透過各式各樣障礙物，阿寒點對點慢慢前進著。

在黑暗中，月光的照耀下，似有若無的視線，明顯地就只剩下那菸頭的渺小星火亮著。時而距離較近的行屍眼神空洞地往阿寒望去，好像有所發覺，都讓阿寒更加謹慎地前進。

「以前還常買前面的10元壽司呢，唉，現在再也吃不到了。」阿寒往前方街角快速奔去，內心才閃過這一個念頭，突然一個快速的拳頭往阿寒太陽穴位置重力一擊，一陣眩目，倒地不起。

劇烈的痛楚之中只聽到一句話，「對不起啦！餓翻了，你的背包我接管了啊！」

阿寒望向聲音來源處，已經看不太清楚，只注意到對方拳頭手背上有著像是梵文的刺青，接著就失去了意識。

嗚呼呼……呼呼呼……

呼呼的聲響，那暖氣機的聲音在家中吹出著溫暖，茶几上有著一大包大溪老街買回來的卡哩卡哩，旁邊還有剛沖好的咖啡。

家中的燈光十分明亮，好像家裡住著太陽一般的光明，尤其是那股安定的感覺，舒適又有安全感。

沙發上，玩著iPad的曉穎淘氣又認真的描述：「『最後生還者』的殭屍是被真菌所感染，他們還有分很多種耶，像是『循聲者』就是看不到的殭屍，聽到聲響就會朝著聲音過去，這時候用汽油彈最有效了……他聽到酒瓶破的聲音會跑過去，接著自己被火活活燒死，有沒有很厲害呀？」

「最後生還者當中還有——」

話還沒說完就被阿寒搶著說：「是是是，真菌感染，那你說，那這樣不用被殭屍咬到，鼻子吸到真菌就會變殭屍嗎？」

曉穎繼續說：「又不是每一個殭屍都像吸血鬼那樣繁衍啊，你有看過『我是傳奇』嗎？他可是拿抗癌的基因改造病毒，最後失去控制有了狂犬病的副作用……又不是每一部都像是『The Walking Dead』那樣用咬的傳染啦！不過……大部分被殭屍咬到就會變殭屍，這就很好理解啊，血液傳染嘛！」

「那麼，我是傳奇裡面的是殭屍還是吸血鬼啊？」

「哈哈！這很簡單啊！吸血鬼還能談戀愛，殭屍就沒辦法了，很好分辨啊，你想一想『暮光之城』嘛，哈哈！」曉穎笑得天真無邪，像個孩子。

阿寒不甘示弱：「那部『哪有殭屍那麼帥』呢？他是殭屍……還是能談戀愛啊……不管是吸血鬼還是殭屍，我就是要來傳染給妳！」

阿寒走向沙發故意搔曉穎癢。

曉穎嘎嘎的大笑到躺在沙發上，兩人燦爛地笑著，接著兩人神情轉為誠懇，在沙發上擁吻著。

嗚呼呼……，那暖氣機的聲音持續運轉著……

嗚呼呼的聲響漸漸變小。

「啊！原來是夢，還是個美夢呢！」

不知道是阿寒太過於思念著太太曉穎，還是對於原來生活的嚮往，阿寒驚覺自己眼角有著淚滴，此時對於曉穎的擔憂又加劇。

有點刺眼的溫熱在頭頂，原來是陽光吻上了臉龐，一連幾天的寒流退去，汗滴從阿寒額頭上滑落落下，滴在柏油路面上，阿寒這時才驚覺自己倒在這裡。

頭暈目眩，像是前一晚喝了太多酒的宿醉，發現自己人身處中壢街頭。

阿寒非常緊張地起身張望，接著打量自己全身上下，並無傷痕，愣了幾秒鐘，內心一股訝異感受襲來。

竟然整個視線範圍內的街頭完全沒有任何行屍，只剩下廢墟一般的空蕩市容。

不知怎麼了，突然地放心，讓阿寒甚至覺得這樣殘破的市容，還是有種獨特的毀壞淒美感，這反而是過去沒有的。

畢竟他一直以來都覺得自己生活的這個城市非常的醜，沒有任何設計美感，既無代表建築，更沒有特色到連外國人都會登門造訪的理由，突然想起那有名的牛肉麵，內心再度嘆息。

「唉！不只是10元壽司，連新明、永川牛肉麵也都別想吃到了……」

「不知道我昏了多久，趕緊回家。」這念頭剛起，突然想起墊腳石書店內的泰國人們，阿寒趕緊折返回去打探。

書店門口的鐵捲門已被拉開，還用一個書櫃撐著，保持門敞開，裡面沒有任何人。

「或許是發現沒有行屍，都離開了吧？」

「為什麼行屍都不見了？去哪裡了？」

「他們不是說要等朋友嗎？」

阿寒內心正納悶著，但是仍然繼續四處張望，或許在離開前站之前，還能找到一些補給品，背包被搶去，這幾天的尋覓竟然沒有任何收穫，心中還是有些不甘心。

「對了，牛奶！」阿寒心想，或許找到牛奶回家，至少有個曉穎喜歡的東西當陪罪、也讓她開心，便走向對街，走向一開始的目的地：Mister Donut。

陽光和煦，擾人的低鳴哭泣聲不再，這是這一年多來，阿寒第一次感到輕鬆。

「難道……這都是一場夢？一切都將恢復正常嗎？再也沒有行屍了？」阿寒不敢置信，但是卻又衷心地期待著。

一台休旅廂型車上有著鳥群竄動，看似在分食什麼的模樣。

阿寒跳上一旁的汽車車頂上往廂型車上望去，更多的疑惑產生了，而那車頂傳來的血腥氣味，更讓阿寒馬上彎腰嘔吐。

眼角餘光發現旁邊幾台車上皆有鳥群飛上飛下的晃動，阿寒頭感到一陣劇痛，伸手搓揉太陽穴上的瘀青，「啊～」又更加痛苦了，張眼仔細端看四周。

車上似乎躺著人的屍體，他很快地發現那具鳥群啄食的屍體，腿部有米白色布幔纏繞，還頗有印象的乾滯血印，再放眼望去。

「天啊！」

那些車上全躺著他這兩天剛結識的泰國朋友，每個人各自躺在不同的車頂上，傷痕累累、血肉模糊。

「啊！到底發生什麼事情？不像是行屍造成的……」

滿滿的疑惑，讓阿寒心生畏懼，跳下車後，奮不顧身往回家的方向狂奔，用他全身的力量。

「妳一定要平安啊，曉穎。」

早已淪陷的中壢，離地獄更加的相近。

3. The Nepenthes

龍潭陸軍總部裡面，組織著一個具規模的陣營。

原本有五十人，現在約略剩下三十人左右，在軍營圍牆的保護下，他們仍然奮力生存著，能夠有此規模，完全是仰賴武器。

軍營是台灣除了警察局之外，唯一具有大量武器火力的地方，槍枝、坦克、直昇機，更別說他們擁有軍醫、擁有儲油槽、還有發電機與戰備囤糧。

封閉的圍牆給他們爭取了更多的時間，而定期出巡的部隊又能帶回許多「戰利品」，讓陣營資源充足，偶爾還會增加一些新面孔，是倖存者們絕佳的避風港。

只是最近一次，部隊集結出團，想要找尋其他倖存者與糧食的過程，竟然傳來噩耗，情況慘重。

耳語傳說讓大家猜知，當部隊在外遇到危險，可能不是被行屍所害，而是被另一個陣營襲擊，被搶走武器與裝備，曾經有無線電傳來與另一隊人馬的模糊對話。

更確切的爆點是因為一位逃回來的軍人教官何中，在昏倒前不斷吶喊著：「小心！有另一群人，小心，有另一群人，他們比行屍可怕……」

那一次，一如往常的任務，據說何中領軍的十人隊伍，目前只有他一人回來。

自從何中親口說出這段話語之後，營區內的倖存者們人心惶惶，大家都有了一個清楚的概念：「營區圍牆外，除了可怕的行屍，還有可怕的人類。」

並非所有倖存者皆是友善的，其實也不意外，畢竟人類史上，任何年代都有「趁火打劫」的案例，一旦失去了文明，人很輕易地就會走向野蠻。

何中過去曾在澎湖待過陸軍１０１兩棲偵察營，算是陸軍中的精銳，因為家中一些變故而轉到龍潭擔任教官，身為軍中菁英的他，連他都帶著嚴重的傷勢回來，讓人對外面的處境感到更加惶恐。

「何中他會醒嗎……真的外面有另一群人，會傷害人？我們會自相殘殺嗎？」臨時加護病房裡，女子滿臉愴然問著營區裡唯一的醫生，江醫師。

江醫師是家醫科與精神科雙全的女醫師，福泰的身軀，總讓人有可以依靠仰賴的感覺。

江醫生冷靜地說：「他受到太大的驚嚇，目前意識還不清楚，我們不能確定他說的是真是假，腳傷沒有感染，已經無大礙了，但是昏迷原因還在觀察，只能等他醒來了……我們的儀器設備不足，目前無法檢查出確切原因……探視時間已過，依依，妳先出去吧，我會好好照顧他的。」

依依是個護士，在804桃園國軍總醫院上班，長相甜美，艷麗的身形，加上穿著護士服的模樣惹人遐想，不乏有眾多的追求者。

而何中是依依青梅竹馬的好朋友，長期累積的信任與情愫，讓依依從來沒有答應過任何追求者，她只等待著何中有一天能夠對她表白。

依依之前在龍潭的804軍醫院工作，其實也是為了能夠更接近在陸總部駐守的何中，而她現在能夠存活下來並且得以逃到陸軍總部裡，也都是何中的功勞。

依依永遠無法忘記，兩天前，當她第一時間聽到部隊傳來的消息，馬上往營門衝去，親眼看見何中在地面拖行著自己的傷勢，那血淋淋的斷肢，大腿部分只剩下一半。

這般被門口守衛拉進來時的狼狽模樣，與向來都是英挺勇敢形象的何中差異極大，何中也從來沒露出那樣懼怕的神情，好像看見了什麼魔鬼一樣，讓她心有餘悸。

內心不斷地禱告，希望他趕快恢復，何中卻一點甦醒的跡象都沒有。

大多數營區的宿舍由於與行政大樓距離較遠，不易管理，而駐守的軍力也需要集中，因此軍方下令，所有倖存的軍人與一般民眾都集中在行政大樓樓上的辦公區域，而大樓許多地方也已經臨時改建成各自獨立的小房間，讓大家可以就此住下來。

依依想要獨自靜一靜，除了守在何中身邊這一個唯一選項之外，她暫時還不想跟任何人說話。畢竟大家的擔憂與耳語，那些總是負面的聲浪，讓她非常煩躁，所以她想暫時逃離這裡，獨自一人走離開行政大樓，往營區另一棟無人倉庫走去。

今天正是陸軍總部實施每週三天「樽節規定」的其中一天。

由於近期資源補給不像過去充足，領導營區的主官王上校個性謹慎保守，為了未雨綢繆，決定了這個「樽節規定」，規定每週的一三五，除了醫療、食物冷藏、衛兵站崗等必要性的電力需求之外，夜間電力只供給六點到八點兩個小時。

畢竟目前營區電力全依賴發電機，這些發電機所需的油料，一天一天遞減，還沒補給新的油量之前，這個規定會一直持續，甚至未來會再更加嚴格。

二樓窗戶邊，一位年輕男子抽著他僅存的倒數第三根菸，因為愛抽煙，沒事就向人詢問有沒有打火機，在營區裡大家都稱他為「賴打」，而他也會笑著承認：「沒錯，我就是姓賴」，久而久之，外號演變成阿賴。

阿賴抽著菸，心裡想著，何中回來這件鬧得營區沸沸揚揚的事情，造成軍隊不再出巡，他可能再也抽不到菸了，深知這個情況的他，格外緩慢地珍惜每一口吸吐，讓尼古丁繼續刺激他的中樞神經，好像抽著煙就是要顯著一副憂鬱的惆悵感。

而他也曾經近距離見過行屍，行屍身上有著類似菸味的餘韻，讓他內心非常矛盾，不過早已厭煩在廢棄城市裡尋找物資的他，找到這營區與人群一起，倒是一個存活下來的好方法，他一直在團體中非常低調，連抽煙都喜歡一個人躲在角落。

才抽到第二口，目光往窗外邊望著，發現了遠處黑暗中明顯的白色護士服背影，他很快地認出來，是這營區內剩下不多的美女依依。

畢竟這世間人類也早所剩不多，更何況是美女，更是珍貴了，只可惜她名花有主，雖然大家都沒講明，他也可以觀察到她跟現在昏迷不醒的何中絕對關係不尋常。

「她要走去哪裡？」阿賴內心滴咕著。

他很快就憶起，從他在外面剛逃到這營區的第一天，就是依依幫他包紮手臂上的傷口，那難忘的畫面。

當時依依彎著身軀包紮時，那潔白護士服的衣領口，往裡望去，那若隱若現的乳溝，好像似有若無地出現。

越是看不清楚，越是讓人心癢難耐，阿賴第一時間禮貌性的別過頭去，但是抬頭發現依依絲毫沒有任何發現，專注地包紮，還一邊輕柔地說：「這個傷口要是不消毒，很快就會潰爛的。」

阿賴再度往依依身上打量，吹彈可破的白嫩皮膚，彷彿透著淡淡的粉紅血絲，而渾圓飽滿乳房隆起外緣，竟有顏色十分對比搶眼的黑色內衣蕾絲花邊，延著花邊，順勢看到了內衣肩帶。

這一刻，男子閉起眼，強忍著下半身蠢蠢欲動的膨脹，但是突然聞到依依身上傳來的特有香氣，阿賴再也受不了，這時候剛好也包紮好了，阿賴迅速起身離開了。

想到這裡，阿賴精神大振，好像那股香氣又出現一般，他滿腦子慾望高漲。

「離開這棟大樓，沒有士兵駐守不是很危險嗎？她要走去哪？」

「除了大樓門口有人，再來就是只有營區門口有人了」才想到這兒，阿賴心起歹念。

盤算了一下，把菸直接丟在地上，那根還有一半尚未燃燒完的菸。

看來此時對他來說，有事情比香菸還要重要。

「樽節時間還沒到，要是從這大樓門口出去，會被人發現……」，他索性跨出窗台，一鼓作氣直接從二樓跳下去，完全狗急跳牆的模樣。

落到水泥地上，強忍著膝蓋承受的不適，稍有一跛一跛的姿態前進，但是二樓其實也不算太高，反正世界都要滅亡了，他內心只有一個目標，似乎一下子就把不適給忍耐過去了。

左右探視，沒人發現，阿賴往護士前去的倉庫方向緩緩移動。

依依黯然走著，步伐裡吐露著內心滿滿的擔憂與無奈，她痛恨這個世界已經變得如此狼狽不堪了，為何還要折磨她現在唯一珍惜的何中。

她走進那個堆滿雜物的倉庫裡，打開了一盞露營燈，黃色的光線迅速點亮了這亂七八糟的環境，接著架起一張鐵製折疊椅坐了下來，那鐵椅的冰冷感，更讓她覺得煩惱刺骨。

她從口袋拿出一個十字架項鍊，緊緊握著，內心想：「神啊，您在嗎？世界變成這個樣子是您的指示嗎？求您讓何中醒來吧，求您了。」

倉庫緊貼著營區邊沿，離營區圍牆只有一米多的距離，她依稀可以聽到圍牆外行屍走動的聲響，當然還有那近似哭泣的詭異聲音。

嗚呼呼的鬼魅隨著空氣氣流傳遞，好像還有淡淡的菸味，但是這一切都不明顯，畢竟這倉庫以前是彈藥庫，厚重的水泥外牆，保護十分隱密，而窗戶也僅有靠近屋頂的幾面小窗戶，都比人還高，那些聲音只透過那張玻璃破裂的窗戶所洩入。

依依總覺得那些行屍，那些曾經是人類的行屍，像是有想法似的，她也曾聽何中說過，那些行屍大多會往相同的方向移動，不是被聲音所吸引也不是被光線或是其他東西的引導，好像「他們」似乎就是知道自己要往哪兒去，聽何中這樣描述，她自己也覺得不可思議，但是這一切又無法有合理的解釋。

依依聽到圍牆外的微弱聲音，心裡莫名好生羨慕：「連行屍都知道自己要去哪裡，那我們的未來又該何去何從呢？」

隨著營區倖存者越來越少，何中一日不醒，依依好像沒有其他期待了。

那股菸味似乎越來越濃。

「該不會行屍已經進入營區內？還是我們有病人變成行屍了？沒聽說過被咬會感染啊……」

內心才剛響起這個納悶念頭，依依突然被身後的人擒抱住，那人一手摀住依依的口，一手緊緊環抱著依依胸前。

「嗚……」依依被嗚住著嘴試圖發出些許聲響，驚嚇之中奮力掙扎著。

「妳別輕舉妄動，我已經在何中點滴裡注入赤尾鮐蛇毒了……只有我有血清，妳是護士，總知道這點常識吧。」

阿賴的真實身分從沒人知道，其實他曾在疾病管制局工作過，這方面的資訊多少也耳濡目染，情急之下就撒了這個自以為專業的謊。

「妳再動，我連妳也殺了！」

依依從骨子裡發出深沉的恐懼感，聽到這聲音，她已經認出他是誰了，就是那位愛抽菸的阿賴，而也從阿賴手上聞到濃厚的菸味，知道剛剛的菸味不是來自於行屍，而是比行屍更可怕的人。

依依心裡更加肯定了這一個觀點：「人類才是最邪惡的存在。」眼淚早已潰堤，也滴落在阿賴手背上。

依依十分激動，試圖掙脫站起，但是阿賴力氣強大，一直從背後強壓著依依，環抱胸前的那隻手越抱越緊。

「妳再動，何中就死定了！」阿賴惱羞成怒，怒罵之中沙啞的話語甚至有點破音。

依依心裡擔憂何中，只好無奈地點點頭，稍微放鬆身體。

抗拒暫停，阿賴的手臂力道似乎也隨之變小，便開始隔著護士服急促地抓揉著依依的乳房，臉從依依後方緊靠著，像是吸血鬼一般吸吮著依依脖子的肌膚。

阿賴每一口喘息吐納，都讓依依作噁，她多麼希望這時候的菸味是來自於行屍，現在的她比死還難受，她寧可被行屍欺負，眼淚又不止地流下，閉上雙眼，開始哽咽啜泣著。

依依耳朵依稀可以聽見營區外微弱的行屍聲音，那些嗚呼呼的風聲鶴唳，她好希望行屍這時候可以闖入，讓她脫離這般的痛楚。

她強烈感受到阿賴動作急促，從自己護士服前方摸索到拉鍊，迅速地把拉鍊拉開，豐滿的乳房迅速地彈放了出來，那深紫色的內衣包覆著白皙，阿賴動作更加的粗魯。

「妳這小騷貨，還穿這麼性感啊！」

阿賴不停積極地侵犯著，好像這是他人生最後一根菸，份外深情地聞著依依的體香。

「你放過我，放過何中吧，嗚……我求求你……我求求你……」

依依看著阿賴繞到自己面前，蹲低姿態，手不停歇地摩擦著自己，手滑移到自己的下體……

「不要！」

依依無法承受這般污辱，本能式地奮力推開阿賴並大喊著。

她眼看阿賴一臉驚恐地跌坐在地又馬上跳起身來，接著阿賴表情充滿痛楚，皺著眉頭，而手一直摸著膝蓋，像是膝蓋有傷。

阿賴震怒，大手一揮，給依依扎實的一巴掌。

這一巴掌完全沒控制力道，把依依打到跌坐在地，阿賴怒氣難消，加上無法壓抑的血脈噴張，接著騎坐在依依身上，作勢繼續揮拳，當要出手時，突然發現依依的額頭擦出了血痕，應該是碰撞到粗糙的水泥地面。

看著依依的模樣，貌似死去了。

阿賴發現自己闖下大禍了，一時之間呆愣著不知如何是好，隨即俯身查看依依，發現鼻息尚在，鬆了一口氣，瞬間又調整了自己的情緒。

看著楚楚可憐衣衫不整的依依，馬上又恢復了他的獸性。

「一不做二不休！不管了！」

阿賴退去依依的所有衣物，唯獨將依依的深紫色內褲藏進自己長褲的口袋內，接著將手指伸入依依體內掏弄著，直到滑潤後，才將自己的慾望插入。

倉庫中露營燈亮著，阿賴奮力扭動著身體，那身影映照在成堆的紙箱上，破損的窗戶持續傳來嗚呼呼的泣聲，行屍好像代替依依哭泣，聲聲接連。

樽節時間到來，行政大樓的燈光猝然消失。

這個時間除了營門留守的士兵之外，大多人都各自回房休息，除了昏迷的何中，根本沒有人會在意平時寡言的依依人身在何處。

不知道時間持續多久的時間，阿賴在那昏迷身體的大腿邊留下了濃稠的精液，一陣罪惡感來襲，男子將依依的衣服穿回，還從倉庫裡翻出了一張帆布，如棉被般幫依依蓋上。

離開前，再次伸手確認依依鼻息，然後還在依依流血的額頭旁親吻了一下。

「對不起啦！反正沒有明天了，或許明天我就是行屍了……別怪我，要怪就怪這奇怪的世界吧！」

阿賴走的時候，還把露營燈也一併提走。

這個夜晚，突然下起了大雨，營區外的行屍嗚呼呼聲，越來越小聲，這些聽不見的哭泣聲，化作了風雨聲，對這無情的世界持續抗議著。

4. STAY AWAY

陽光異常炙熱，好像連行屍都熱得要逃難似的，中壢街道竟然一片死寂，行屍都消失了，剩下偶然見到路邊停留的屍體，還有一如往常的混亂與髒亂。

阿寒內心充滿著納悶，這種景象他從沒遇過。

「行屍們都跑去哪裡了？」

但是一想到幾日未歸，非常著急地想要趕回家，相信曉穎一定非常擔心，雙腿不停歇地奔回家，頭上的傷還隱隱作痛。

自從行屍爆發以來，已經無法用悲傷來形容阿寒的感受，這種家人朋友都幾乎消失的痛苦。

那已經是種深層的震驚與不解，像是老天開了一場巨大的玩笑。

世界失去了秩序，行屍充斥街頭，再也不用上班了，金錢也失去作用，要生存，只能到處尋找資源，或許當資源消耗光那一天前，我們勢必做些改變。

「該找個安全的農場活下去？這世界上還有地方可以讓我們重新來過？為什麼我跟曉穎還活著？我們為什麼沒有變成行屍？」

活下去，很單純的生物本能，但是每每在街道上發現熟悉的面孔，阿寒非常不想去相信，自己已經是少數倖存的異類了。

「他們還會思考嗎？他們聽得到我說的話嗎？他們剩下的……只有哭聲嗎？」

所有人，親人、陌生人，在各地，全已經為咖啡色面容、面無表情的行屍走肉。

阿寒在街頭闖蕩時，盡可能不去注意行屍的面容，深怕突然看見自己失蹤的父母，會讓一直盡力維持的生存信念，一下子全部崩潰。

雖然大概猜知結果了，但是他內心仍有一塊地方，默默地期待，他們都還活著，他們都倖存並且逃離了這裡。

阿寒與曉穎是新站社區大樓裡為數不多的倖存者，一來是社區許多戶都是投資客購入，炒房或欲出租，並無居住需求，二來是行屍爆發後，沒轉變為行屍的人真的屈指可數。

剩下隔壁棟的陳姓一家人，他們臨走前說要舉家徒步走到新竹老家找家人，懷抱著見到家人的一絲希望已經搬離，連他們家那隻阿寒很喜歡的哈士奇也一起離開了。

而一樓店面的老奶奶一直獨居，個性孤僻又憤世忌俗，即使爆發之後也不太願意與人接觸。

阿寒曾試著要給老奶奶一些補給食品，老奶奶嚴詞拒絕，還說自己過得很好別來打擾。

老奶奶當時還多說了句耐人尋味的話：「那些投資客，萬萬沒想到，現在台灣剩下最少的是人，剩下最多的就是空房了，房地產再多，現在還不如擁有一箱泡麵來得實際……」

人口的滅絕，行屍的猖狂，這世界的價值觀已經重新洗牌。

「咦！難道行屍們集體遷移走了？」

阿寒持續納悶，走到自家大樓後，正想詢問一下老奶奶是否知道現在週遭已經沒有行屍了，想了想她的臭脾氣還是算了，趕緊奔上樓去。

住在十樓的阿寒與曉穎自從行屍爆發以來依然住在原住處，是經過審慎評估。

雖然每每出去找尋物資爬樓梯辛苦，但是樓梯的一路上可以設置許多阻絕站，讓行屍不會往上移動，另一方面在失去電力的現在，採光好的高樓有比較好的視線，而桃園本來就是他倆的家鄉，實在不知道還能去哪裡，哪裏有比較好的環境，所以保持呼吸，繼續活下去就是現階段唯一能做的事。

「妳一定要好好的啊！」阿寒內心默念。

阿寒非常熟練地避開所有障礙物，一如往常，沒有行屍的環境，對他來說更為方便，然而到達六樓的阻絕站，他發現自己設置的書櫃已經被移開。

「糟了！曉穎該不會不在家，她會出來找我嗎？」

加快步伐往樓上奔去，到達九樓時在轉彎處，他看到了一個男子的背影，穿著大衣，阿寒焦急地喊道：「你是誰？」

「呼……呼……」男子緩緩轉身，一臉深咖啡色，黑色血管紋路充斥著整張臉。

「嗚……呼呼……」

男子張開大嘴，整個牙齒都是黏稠的汁液，並無血色。

「行屍？不是都跑光了嗎？」阿寒納悶著，但是看到行屍牙齒並無血液跡象，覺得曉穎應該沒有被襲擊，內心鬆懈。

阿寒這一年仔細觀察過，行屍並不會對聲音特別敏銳，他們感官都比正常人類差一點，但是基本的感受皆有，只是面無表情，不知道他們是否具有思考能力，但是那一句「你是誰」太過響亮，行屍已經發現了阿寒。

行屍走向阿寒，似乎沒有走好，直接踩空樓梯，整個跌落下來，硬是壓在阿寒身上，阿寒跌躺在樓梯轉角處，手無寸鐵地承受著。

「啊……」阿寒的雙手慌亂地抓住行屍的頭，不讓行屍咬他，行屍體型稍重，阿寒努力堅持著，馬上也體會到行屍身上的菸味。

「嗚呼呼……嗚呼呼……」

雖然已經常常接觸過行屍，但是意外的是，阿寒發現這個行屍不像他遇過的行屍那樣攻擊力積極，純粹只有體重上的優勢，雙手也沒有什麼太激進的動作。

阿寒在堅持中雙眼盯著行屍的眼睛看，有那麼一秒鐘，他猜想這個行屍是有意識的，但是正當行屍口中汁液牽著絲緩緩滴落，搖搖欲墜，就快滴在他臉上了。

「呀～！」阿寒一鼓作氣把行屍推向了一旁。

爬起來之後，趕緊趕快補上一擊，大腳一踹，行屍被踢滾到更下層的樓梯去。

行屍緩緩地爬著，似乎是要起身，阿寒看著行屍的模樣，覺得這行屍就像一個開悟的得道修士，即使被人踢踹，還是穩重的不恨不怨，更貼切的說法，這行屍簡直像是一個電池不足的機器人，遙控欠佳，訊號混亂，但仍舊掙扎得想要站起來一般。

阿寒衝上十樓，發現家裡的門是開著的。

「曉穎！曉穎！」阿寒高呼吶喊。

家裡並沒有一片狼籍的模樣，但是無人應聲，更加讓他著急。

跑遍家中角落，完全沒有曉穎的身影，只看到客廳白色茶几上用黑色奇異筆潦草地寫著幾個字：

快逃　我在陸總部　by穎

第一時間，阿寒想到一樓店面的老奶奶，或許她知道些什麼，飛快的一步作三步用，直奔下樓。

面對著那隻好不容易爬起來的行屍，再補上一腳，行屍再度被踹倒在地，嗚呼呼聲響不停歇。

「要是每一個行屍都像他這麼弱，或許這世界就有救了！」阿寒內心想著。

「奶奶！奶奶！妳在嗎？」阿寒拍打著一樓的鐵捲門，焦急不已，拍打的頻率從未減弱，拍打聲響在社區裡極為明顯，要是以前行屍遍布的情況下，一定會迅速被菸味般的咖啡色包圍，並且死於非命。

鐵捲門沒有動靜，但是依稀可以聽到老奶奶逐漸明顯的腳步聲，看樣子是走過來應門了。

「吵什麼吵？好不容易聽不到哭聲了，你現在來哭什麼啊？趕快離開！不要吵我！」老奶奶的聲音十分硬朗。

「妳有看到我太太嗎？剛剛有行屍襲擊社區嗎？妳知道為什麼行屍都不見了嗎？我剛剛上樓只看到一隻……我——」

阿寒太過著急，連珠砲似地想把所有疑問一次釐清，他實在太擔心曉穎了，這一年多來，這兩夫妻從未分離過這麼久的時間。

老奶奶不耐煩地打斷阿寒的歇斯底里：「好好好，年輕人你安靜一下！我只說一次，聽完趕快走，我要休息了。」

「妳知道什麼？快跟我說，拜託了。」阿寒著急得簡直都想跪下了。

「好像前兩天哭聲特別多，應該是行屍變多了吧，不知道為什麼，然後突然又沒有哭聲了，好像都走光一樣……昨天有車子過來……說什麼是陸總部來的，我想你老婆應該是跟他們走了，他們也要我一起走，但是我才不想，哼！我最痛恨阿兵哥了，他們還說什麼晚一點行屍會更多，要我趕快走。」

「我太太跟他們走了？是龍潭陸總部嗎？他們還有說些什麼？」

「好啦！我都跟你說了！去去去，哪邊涼快哪邊去，我要休息了。」老奶奶操著不耐煩的口吻，這語氣從行屍爆發前，就從未變過，就像她守在這裡一樣，不曾改變。

阿寒過去與老奶奶交涉過，從沒好印象，他明瞭這次老奶奶已經算難得說這麼多話了。悻悻然離開前，不忘補上一句：「謝謝奶奶。」這是阿寒的信念與堅持，就算世界崩壞了，無論如何，也不可以忘記文明與禮貌。

「吵死了！全都跑光了不是很好嗎……」奶奶的聲音越說越小，走進屋內還持續碎念。

阿寒再度趕回家中，查看曉穎並沒有特別帶走什麼東西，好像只有一盆她心愛的玫瑰盆栽被抱走，鞋櫃旁邊還殘留著一點點掉落的泥土。

細細打量曉穎留下的字跡，不停地思索。

「『快逃！我在陸總部』？這麼緊急，東西都沒帶，看樣子這裡不能待了，我得去找她。」

阿寒思考完當機立斷，從衣櫃裡翻出後背包，開始打包一些簡單的餅乾與手電筒，另外還帶了一根鋁製的球棒。

他在打包過程中也感到扼腕，許多的好用工具，在前站被人襲擊時，隨著背包都被搶走了，而其中最讓阿寒放不下的，是那一只望遠鏡，那是他父親送給他碩士畢業的禮物，那陣子的他沉迷於賞鳥。

阿寒想到位於龍潭的陸總部，印象中那裡有寬廣的草坪，而門口軍用品店林立，還有幾間自助餐店，是阿寒以前與家人常路過的地方，也曾看過陸總部的天空有好幾台直昇機接連飛過的畫面。

想到這邊，阿寒這時才內心懊惱：「對了！陸總部，那邊有武器有直昇機，我怎麼從沒想過去那邊探索？或許還有人在那裡……」

不過畢竟從中壢要徒步到龍潭確實是有段距離，這也是這一年多來阿寒從未嘗試過的地帶，如今行屍退散到不知何方，或許倖存者移動的能見度也提高很多了。

沒了Google Map，沒有衛星導航，而向來曉穎就像是阿寒的指南針，曉穎不在身邊，方向感有一點差的阿寒霎時之間有點不知所措。

搔著頭一直思考該如何過去比較好，突然想到要是走中豐路，從平鎮往龍潭方向前進，路上會經過陸軍後勤訓練中心，或許一樣是陸軍的基地之一，要是有倖存者，或許有機會透過無線電或是其他方式，先行跟陸總部聯絡來探聽曉穎的消息。內心決定後，便堅定地大步走去。

5. Round And Round

在旅程中，阿寒在平鎮新勢公園附近的一間商店裡翻找著補給品，除了找到了礦泉水，更找到了幾罐鋁箔包著的保久乳，他玩味地翻看保久乳，看到了有效期限的標示想了想。

「呵！才過期了七個月，或許還能喝吧，要是酸掉了……」

接著突然想到，要是聞到酸掉的牛奶，曉穎一定會做出很調皮又逗趣的嫌棄表情，想到這裡，他更加心繫著妻子，真希望趕快看到她可愛的面容。

把兩罐保久乳丟進背包中之後，正要離開商店，警覺的他，忽然聽見那熟悉的哭泣聲，嗚呼呼……嗚呼呼……泣聲逐漸清晰。

往遠方望去，發現有大量的行屍朝自己的方向走過來，全部都朝同一方向，讓阿寒訝異不已，先前大量消逝的行屍，對他來說已經是很驚人的新發現了，這樣大舉遷移，也是他從未見過。

「怎麼行屍又出現了，怎麼會這樣，看樣子去龍潭的速度又要減慢了，或許要等到晚上再行動……」

一邊設想，面對大批行屍來襲，只有一根鋁棒的阿寒暫時不宜繼續奔走，阿寒便將商店的門外設好障礙物，就往商店的樓上走去，在二樓透過鐵窗觀察著新勢公園前的大馬路。

不只是哭泣聲，腳步聲與碰撞聲此起彼落，大批的行屍漸漸佔滿整條馬路，每每碰撞到路上的雜物或車輛，行屍的速度就稍減，由高處望去，此景觀像是蝗蟲過境的地面慢動作版本。

新勢公園前有一隻毛筆造型的石柱，那是平鎮正式升格直轄市時打造的，象徵平鎮的文風鼎盛。

看到那隻毛筆，阿寒心中感嘆：「唉！文明已經消失，再也沒有學校了，再也沒有任何新書被出版，再也沒有展覽可以看，所謂文化，那些過去的記憶與喜好，那些……是不是都不再有了……」

暴發以來一年多，其實糧食不算難找，人們莫名失蹤或是變成行屍，大量人口消失，成為粥多僧少的局面。

但是資源的搶奪，倖存者都會未雨綢繆地囤積糧食，時間久了，物資不是消失或快速消耗掉，而是變得沒有一開始這麼好找了，就算找到了，也大多是過期的。

畢竟任何產品的供應鏈早已消失，現在城市裡的食物鏈，似乎只剩下行屍吃人的單向發生，畢竟人無法吃行屍，而可能更可怕的是，人與人的原始相互競爭……

阿寒為了找尋物資，在街頭常常遇到不少困難與窘境，無論是百貨公司超市裡與行屍捉迷藏，或是在公園裡爬樹避難都有經驗，更別說一次不得已跳進了噴水池裡面，還要泡在水裡跟行屍搏鬥，這些戰鬥再狼狽、再出糗，反正也沒有人看得到，是種優點，也是種悲哀。

但是這一切都沒有先前墊腳石書店那一次到現在這樣受困的感覺，讓阿寒非常無奈，現在家裡沒有曉穎在等著他，陸總部還如此遙遠，心中大石打壓著他，讓他深深嘆了一口氣。

欣賞著大批行屍移動也是難得可見，阿寒苦中作樂地欣賞這「數大便是美」的景象，甚至腦中突然想起日本搞笑綜藝節目，那一百人集體衝去包圍某個路人的整人遊戲，也想到螞蟻爬滿蛋糕的景象。

透過二樓窗戶望出去，可以看見部分鏽蝕的鐵窗枝條，阿寒真覺得自己像是牢籠裡的野獸，而那些行屍才是真正正常的存在。

「或許倖存者們，其實才是這世上的異類啊！我就是這異類……」

胡思亂想之中，大批行屍蔓延街道，阿寒突然看見一個男子在街頭慌亂地奔跑著，像是往阿寒這街道的方向跑來，手裡還提著一個髒污的紙袋，裏頭似乎裝滿著東西。

「啊！」驚呼一聲，男子的一隻腳踩進一個破損的人孔蓋，乍看之下，更像是男子一腳把人孔蓋給踩裂了一般，而手上提袋也拋了出去，掉落在側邊的地面上。

「噁……啊……」男子趴在地上，發出痛苦的哀嚎聲，腳踝以下卡在裂縫裡，然後伸出右手嗚住自己的嘴，深怕給後方的行屍們聽見。

阿寒在樓上觀看著，發現這位男子是一位中年大叔，頭戴著毛帽，憔悴的樣子就像是個拾荒老人，心裡默默地為大叔打氣：「快起來啊！再不走，行屍就要逼近了，快啊！」

這不是日本整人綜藝節目，眼看行屍螞蟻們就要征服大叔這塊蛋糕了，阿寒拿起鋁棒，往樓下衝去，決定要趕快把他救進來。

商店一樓本來就很凌亂了，但是為了防堵行屍們闖入，上樓之前阿寒還特意把貨架與冰櫃推到了門前作阻擋，但是這一擋，也擋住了自己要出去的最佳時機。

雙手死命推著那沉重的冰櫃，移開了一小縫，阿寒側身嘗試要擠出去，還不夠寬，再度用力推動，阿寒眼光從冰櫃與牆面的縫隙往外望，比行屍更驚人的畫面印入眼簾。

兩隻身穿黑色大斗篷的行屍已經迅速脫離密集的隊伍，趕到中年大叔的面前。

不，他們不是行屍。

阿寒認知到這兩位斗篷人的動作，跟正常人無異，而且斗篷背後的凸起狀，可以猜想背著諾大的背包，應該是登山背包。

阿寒停下推冰櫃的動作，內心鬆了一口氣：「果然這世間還是有很多好人的，好險有人出手相救啊！」「沒想到這一代這麼多倖存者……」

「救我！救我！我腳被卡住了……行屍快來了……救我！」大叔向斗篷人不斷呼救。

一位斗篷人掀開了斗篷的帽子，順勢解開了斗篷，露出了面貌，是位長髮的青年男子，從背後登山背包裡抽出了一個銀白色的大提箱，像極了電影裡裝狙擊槍枝的箱子。

而另一位斗篷人竟然大腳一踢，往大叔肩膀踢去。

「啊～～～！」阿叔叫得痛苦。

阿寒心裡非常納悶：「難道那兩人是趁火打劫嗎？搶一位大叔也太可惡了……」

想到這裡阿寒又開始努力推著冰櫃，打算出去營救。

心裡雖然不斷在評估自己是否打得贏兩個人，是否有其他方法阻止，力勸他們，還是要動之以情哀求，行屍是否快走過來了等等想法，但是一時的正義感，手的動作已經開始進行，但是很快的沒有幾秒鐘，他又被眼前景象給震驚住，又停下了動作，呆呆地望著他們，不敢置信。

「那……那是iPad嗎？這……現在還能用嗎？他們到底要幹嘛？」阿寒滴咕著。

另一位斗篷人也拉開帽子，是個俊俏的青年，明顯比另一個斗篷男子年輕許多，他手上竟然拿著平板電腦在使用。

「為什麼……？你們饒了我吧！我身上沒有什麼東西，快來不及了，行屍要過來了……啊……！」大叔十分著急，表情痛苦，不知道是肩膀被踢的疼痛還是被卡住的腳受了傷。

「你閉嘴！再說話就打死你！」

拿著iPad的男子，看起來模樣顯得稚氣，輕浮地嚼著口香糖，一腳用力踩著大叔的頭，讓大叔的側臉緊貼著柏油路面。

「啊……」趴著的大叔痛苦表情都快扭曲了。

長髮男子開口：「好了，快把『掃蕩者』移過來，把我們這區包圍起來，我要再試試看『現地同化』。」

「還要試啊？剛剛不是試過一個人了嗎？不是說這『現地同化』有瑕疵，已經不用了嗎？」

年輕男子說著，手不斷滑著平板電腦。

「這是上頭的命令，我們做完就是了！」長髮男子顯得有點不耐煩。

「我倒是覺得『廠內同化』比較快，一次一大批，成功率又高。」

「好了，我不想聽你再抱怨了，上頭交代的，我們試完就走。」

阿寒躊躇之中發現已經無法衝出去了。

「天啊，來不及了啊，他們三個……」

才猶豫了一下子，行屍已經逼近，絕對不是衝出去的好時機。

「啊！饒了我吧，你要什麼我都給你！」大叔苦苦哀求著。

阿寒更發現，那些走近的行屍們竟然自動略過這三人，像是完全避開這三人一樣，繼續前進。

而行屍們把這三人團團包圍之後，年輕男子手一離開平板電腦，所有行屍竟然就原地停頓了，像是機器瞬間沒了電，進入待機狀態，但是肢體還是緩緩地在動作，頭部些許轉動，像是在張望一樣，就像傀儡木偶一般，十分嚇人。

「O～K～，掃蕩者全部乖乖休眠了，我們很安全，開始吧！」年輕男子一直嚼著口香糖，踩著大叔的腳還微微抖動著，持續施加壓力。

「你們要幹嘛？你們要幹嘛？你們饒了我吧！啊～～」大叔著急的喊著。

「給我閉嘴。」

年輕男子從地面上亂撿起了一坨破布，硬是塞進大叔的嘴裡。

「嗚……嗚……」大叔難以出聲，表情猙獰。

阿寒揉了揉眼睛，不敢相信自己看到的，他認真地猜想，該不會成群的行屍是被那一台平板電腦所控制。

這些行屍都像是木偶一般被操控，這解釋了阿寒一直好奇行屍集體遷移的行為，如果是人類所控制，或許就有這個可能性，而那兩位男子又是怎麼辦到的？他們是誰？他們要對大叔做什麼？內心滿是疑惑。

「行屍是被控制的？難道他們的大舉移動是有目的？」

長髮男子打開銀白色箱子，拿出了一台像是電鑽槍的設備。

前頭延伸著柱狀的金屬棒狀物，尖端非常的銳利，而這個棒狀物中間還有一個橢圓形的小空間。

接著又從盒子裡拿出了一顆咖啡色的膠囊，將膠囊裝進橢圓形的小空間裡，膠囊隨即像是變成一顆暗紅色ＬＥＤ燈泡似的，閃爍出暗紅色光芒，隨即又滅去。

「壓住他！」長髮男子命令道。

年輕男子繞道大叔背後，一屁股坐在趴著的大叔背上，手緊抓的大叔的頭，把大叔的臉轉向地面。

大叔的嘴被破布塞著，小聲嗚嗚的哀號跟行屍們傳出的哭泣聲頗為類似。

長髮男子開啟手中的電鑽槍，發出馬達的聲響，說了一句：「你我都是造物者的使徒。」。

年輕男子聽完也跟著複誦一遍：「你我都是造物者的使徒。」

接著長髮男子像是要鑽洞似的，硬是將金屬尖端插進大叔後腦勺，電鑽槍不斷往內鑽，血液噴出，還噴濺上長髮男子的臉龐。

年輕男子奮力地一直壓制住大叔的劇烈反抗。

「嗚……」大叔發出淒厲的聲音，抖動自己的身軀瘋狂掙扎著，痛苦難耐。

年輕男子都快壓制不了他了，不斷死命施壓，大叔嘴裡流出了口沫，從塞著破布的嘴角流出，隨即昏了過去，不再掙扎。

電鑽槍像是打針一般，將注入的棒狀金屬針尖抽出，那顆膠囊已經不在，看樣子已經植入大叔的腦中。

長髮男子熟練地又從銀白色箱子中拿出了一把大型釘書槍，「碰！碰！」兩聲迅速地把大叔後腦的穿刺處釘縫上，像是要止血一般。

看樣子兩位男子並非要置大叔於死地，竟然還幫大叔止血。

阿寒看到如此慘絕人寰的畫面，氣得緊握著身旁的鋁棒，實在不知如何是好，另一手抓著自己的頭髮，心裡痛苦不已。

「我該怎麼辦？我該怎麼辦？」

心中突然想起自己閱讀過丹布朗作品《地獄》（Inferno）中的一句話：「地獄最黑暗的地方，保留給那些在道德存亡之際袖手旁觀的人。」

想到這裡阿寒無法原諒自己，又開始努力推著冰櫃，另一方面也試著側身前進，努力的想從隙縫中擠出店外。

但是冰櫃似乎被旁邊的貨架與雜物給卡住了，怎麼樣就是無法再移動了，阿寒持續顫抖著用力推，額頭上的汗，斗大地冒了出來。

年輕男子拿起平板電腦，開始操作，一瞬間大叔竟抬起了頭來，四肢開始撐起身軀。

「喀嘎！」一聲，那隻卡在人孔蓋裂縫的腳像是脫臼似的，滑出了裂縫，大叔駝著背站立了起來，但是脫臼的腳，讓他站得有點歪斜，似倒非倒地搖晃著。

接著大叔皮膚開始變暗，血管擴散式的暴露在皮膚上，一下子全臉都是血管紋路，膚色也蔓延成咖啡色。

大叔猙獰地張了口，發出了不尋常的低頻：「嗚嗚嗚呼呼……嗚呼呼……」如行屍般的聲響，聲音漸漸變大，「嗯……啊啊……」大叔低頭開始嘔吐，咖啡色與暗紅色黏液體從嘴中流出。

「嗚呼呼……」一聲，大叔瞬間又趴下了，動也不動，咖啡色皮膚又漸漸轉回原本的膚色。

阿寒睜大眼盯著，而來不及幫上什麼，阿寒突然全身沒力，無力地跪坐在冰櫃前，兩眼緊盯著眼前不可置信的畫面，罪惡感湧上心頭，雙手抱著自己的頭，手指緊抓頭髮，懊惱不已。

「這……這該不會是人變成行屍的原因？這一切都是人為的嗎？那膠囊裡到底裝的是什麼？這兩位到底是什麼人物？」

阿寒內心的憤怒油然而生，自己珍愛的文明世界，如果眼前景象真的是罪魁禍首，他一時之間真是無法消化接受。

「你看，又失敗了，『現地同化』雖然快，但是真的很不穩定啊，我就說吧。」年輕男子攤著手說著。

「但是『廠內同化』實在太慢了，少說也要好幾天，今天試夠了，我們繼續前進吧。」長髮男子臉上還殘留著大叔噴出的血漬，面無表情，一副理所當然。

阿寒雖然心裡複雜，但是在店面裡仍然張大耳朵聽著，用他唯一靈敏的左耳，因為這是他第一次聽到這麼多關於行屍爆發的情報，深怕漏聽了什麼，非常希望可以釐清些什麼。

而從剛才到現在，『掃蕩者』、『現地同化』、『廠內同化』這些奇怪的字詞，加上那顆咖啡色的膠囊，阿寒試著理清頭緒。

「接著是去龍潭嗎？上頭說那邊還沒掃蕩完，根據『流氓幫』那邊的給的消息，好像龍潭還有不少人活著！」年輕男子問道。

「FUCK！又是流氓幫，他們說的能信嗎？哼！我倒是很懷疑……再不掃蕩完，就不會『人工增雨』，多久沒下雨啦……我們在這兒就要乾死了，再不淋雨，那些掃蕩者也不會爛啊，他們一天不爛，我們更別想回總部了。」像是累積已久的不滿，長髮男子怒氣燃起。

「好想回總部啊，桃園怎麼這麼難搞啊，聽說其他縣市都『掃蕩』完畢了，我們這邊進度最慢，我們要快啊……」年輕男子話說一半肅然停止。

噠噠噠！接連的槍聲忽入，年輕男子眼神驚恐，往自己身上湧出鮮血的三個彈孔看了一眼，跪了下來，接著趴死在地上，平板電腦也跟著掉落地面。

長髮男子焦急四處張望，不遠處兩把步槍筆直指著他。

長髮男子嘆了一口氣之後喊道：「流氓幫，你們想幹嘛？你殺了我們的人，這違反了我們之前訂的規則吧。」

三個男人突然走近。

中間一個戴著灰色毛帽的男人，動作有著首領的姿態，手拿著一把開山刀，邊走邊隨意揮舞著，另兩人滿臉鬍渣，身材壯碩，手上各持一把步槍。

行屍遍布，嗚呼呼的聲響非但沒有保護中心的兩位斗篷男子，反而讓人不知道有人闖入。

「這場鬧劇何時才會結束？如果他們接下來要去龍潭，那曉穎一定有危險，我必須比他們更早趕到陸總部。」

阿寒一直看著眼前發生的一切，不禁心裡盤算著，但是又無可奈何，外面滿滿的行屍，似乎又被他們控制著，也只能繼續按耐住自己性子，持續觀察。

但是看著走近的這三個人，手上隱約有著黑色的印記。

「是刺青？……梵文刺青？」

阿寒驚恐，想起了襲擊自己的那隻手。

毛帽男子不屑的口吻說道：「兩個陣營互不侵犯？是我們跟你老大李桑講好的規則是吧，但是這幾個禮拜你們一直過來掃蕩，你要我們怎麼生存啊，我想你們是擺明，連我們流氓幫也掃蕩吧。」

「我只是奉命行事，等我們掃蕩完龍潭，這地盤自然歸你們管！」長髮男子退後一步，把雙手舉起，雖然嘴巴上強勢，但是畢竟被槍指著，動作不敢造次。

「咯咯～」流氓幫舉槍的其中一人把子彈上膛，作勢開槍。

「好好好，不然你想怎麼樣？要我回報李桑？要我現在幫你捎個信息？我背包裡有衛星電話……」長髮男子邊說身體緩緩向倒下的年輕男子移動著，目光游移閃爍。

「我必須快控制掃蕩者……」眼神撇向地上的平板電腦，那或許是他唯一的希望。

毛帽男子沉默向前，突然大步向前奔，高高舉起開山刀，直接飛快地往長髮男子手臂上揮去。手臂瞬間斷落。

「啊～～～～！」長髮男子尖叫，另一手扶著斷落手臂上剩下的上臂，跪坐在地上，持續痛苦地喊叫著，五官扭曲就像是剛才那位大叔的表情。

「我想怎麼樣？哼哼！流氓幫不想陪你們玩了！我們要自己的軍隊，你這批掃蕩者我接收了！」毛帽男子說完，對著一位持槍的鬍渣男子使了個眼色。

噠噠噠！

清脆的連音，鬍渣男子朝長髮男子的頭部轟去，倒地後長髮散落一地，表情死寂。

毛帽男子拾起了地上的平板電腦，看到螢幕上有著明顯的刮痕，嘗試了一下發現無法操作。

「哼，要密碼。」

伸手遞給了另一個持槍男子，接著說：「快，幫我搞定。」

持槍男子將步槍背上，然後接過平板電腦說道：「iPad有指紋辨識，我拿這小子的手來試試！」

接著走向年輕男子的屍體前，抓起青年的手指壓按了電腦，繼續嘗試操作。

「他馬的！畫面這麼複雜，早知道留他們狗命一下子，至少還可以問一下。」

持槍男子努力地操弄著電腦，周圍休眠的行屍有那麼一瞬間，像是集體同時甦醒一般，都抬頭晃動了一下，馬上又沒任何動作。

「他馬的！怎麼都英文啊，到底要按哪一個？是這個嗎？」

「呀啊～～～！」另一位持槍男子脖子被身後的行屍緊咬著，鮮血湧出。

男子痛苦搖擺自己的身體試圖掙脫，竟誤觸了手上槍枝的扳機，噠噠噠！誤射中了毛帽男子的腿。

「啊啊啊，你們在搞什麼？」毛帽男子痛苦地跌倒在地。

被咬傷的男子也倒地不起，撲上去啃食他的行屍接二連三，把他緊緊包圍覆蓋。

「啊，我不會用啊。」控制著平板電腦的男子緊張地不斷後退。

所有的行屍像是被打開了開關，全部恢復過去的姿態，各自動作，這次並沒有像先前的集體行動，而是各自隨意亂竄。

三人周圍附近的行屍發現聲響，通通向他們走來，本能式地侵略。

整個街頭泣聲大起，嗚呼呼……嗚呼呼……

「快控制他們啊！快點！快點！」毛帽男子不斷地吶喊，在地上也不斷地揮舞開山刀，把靠近他的行屍一一劈開，被砍到的行屍雖然向一旁倒去，但是行屍實在太多了，一轉眼毛帽男子已喊不出聲音，被大量行屍撲咬，血肉模糊。

「呀，不要過來！」

男子丟下手上的平板電腦，想拿出背後的步槍，但是倉皇地後退，踢到了大叔的屍體，一個踉蹌跌倒，男子尖叫聲起，伴隨行屍的泣聲，淹沒在行屍堆中。

阿寒看著眼前景象，還來不及消化這血淋淋的街頭舞台劇，就已經吐了一地，咳了幾聲。

他心裡明白，已經活躍的行屍有可能會找到他這裡來，趕緊上樓避風頭。

拿出背包裡所剩的一包菸，點燃了兩根從縫隙中丟出店門外，再點燃一根擺在冰櫃上，讓它們慢慢燃燒殆盡。

用菸味模糊行屍的嗅覺功能，如今阿寒再度使用這方式，雖然內心有點猶豫，畢竟看完了眼前的景象，這一陣子的行屍，好像跟他過去認識的行屍不同，要是行屍真的是受人控制，那麼這樣的菸味躲避方式或許已經不管用了。

儘管如此，他還是按照慣例做了，至少這是阿寒目前為止，無力感中的一點點反抗力氣。

所謂，不怕神一樣的對手，只怕豬一樣的隊友，新勢公園好像這段時間什麼事都沒發生過，像是回到以前一樣，行屍遍布。

一如往常，公園前面的毛筆石柱依舊屹立著，旁邊的行屍持續哭泣。

嗚呼呼……嗚呼呼……

6. Dive to Blue

龍潭陸總部，行政大樓的一樓餐廳裡，許多人交頭接耳、竊竊私語，也有人頗有微詞地碎念。

自從何中那一批隊伍只有何中一人受傷回來之後，眾人都風聲鶴唳，而所有士官兵皆在隔壁會議室裡開會討論對策，煩躁與擔憂瀰漫著整個大樓。

開始有人不耐煩地說道：「什麼嗎？我們不是軍人，我們就沒有權利進去開會討論嗎？」

「對啊對啊，世界都毀了，還有分貴賤嗎？人都剩不多了，我們不是人嗎？」

「我們應該全部搬離這裡，聽說台北還有倖存很多人，聽說政府還在，正在想辦法，我們應該北上去台北，桃園太危險了。」

「那些都是聽說，你敢保證我們去台北，那邊有更好的環境生存？」

「你安靜一點，沒有軍人，我們會活著在這裡嗎？是他們把我們救進來的，我們要支持他們的決定。」也有人幫忙反駁。

「媽媽，外面是不是有壞人？」一位小男孩抱著一隻泰迪熊布偶，依靠著一位母親。

「乖，不要怕！媽媽在這裡，這些大哥哥會保護我們，我們會很安全的。」母親撫摸著男孩的頭，話語中似乎帶著一絲不確定。

整個餐廳，像是等待判決結果，眾人們都顯得不安與焦躁。

「待會長官開完會後，就會跟我們宣布之後會不會再出動軍隊去找人，你放心吧！一年多來都還沒給行屍咬死，我想妳先生一定還活著的！這裏很安全，我想他們很快就會再派人出去尋找的。」

一位大嬸拍拍曉穎的手臂，試圖安慰她。

「嗯！」曉穎輕聲應答。

她與大嬸坐在餐廳的一角觀望著四周，她很久沒有看到這麼多人了，雖然很多人，但是她卻是感到格外不安，只要她的另一半不在身邊，內心就是揪著空虛，更何況她不知道阿寒現在是生是死。

她開始回想自己來到陸總部的經過，她想再度確認自己下的這個決定是不是正確的。

心裡思索：「假如今天換作是阿寒，他又會怎麼下判斷呢？」

曉穎腦中記憶鮮明地回想，反覆咀嚼她離開家的那一刻：

「阿寒出去整整兩天多了，他從來沒有在外面隔夜未歸過，會不會發生什麼事了？」

在家裡等待的曉穎內心焦急著。

每每阿寒外出，她都會揪著一顆心，但是這顆心很快地就會隨阿寒歸來而放下心，雖然阿寒特別交代這次他會試著走更遠一點，但是也保證當天會趕回來一起吃晚餐。

「我該出去找他嗎？記得他說他要先往中壢前站探索，但是又不知道他現在走到哪裡去了？」

「要是我出去找他，而等一下他偏偏又回來了，沒看到我，他一定會很擔心！」

「該不會是為了我的生日，為了泡我最愛的拿鐵咖啡，他故意去找牛奶？阿寒這個大笨蛋，不會為了牛奶而出什麼事吧？」

「我要相信他！他一定會回來的！就跟以前一樣……」

曉穎一直在內心自言自語，也想安慰自己。

著急的曉穎，這幾天一直走到陽台去，不斷探頭往樓下望去，希望看到阿寒走回來的身影，而今天她看到了一台軍用車經過，路面上殘破不堪，廢棄的招牌、雜物很多，車子車輾過雜物，撞開倒在路旁的機車，聲音嘎然作響，十分明顯。

曉穎內心大喜：「阿寒這壞蛋，該不會還開了一台車回來？」馬上奔到樓下去迎接。

「等等，張班！這邊好像有人，剛剛我看到一樓店面旁窗戶有人的身影。」悍馬車副駕駛座的士兵喊道，一身迷彩，全副武裝，謹慎而穩重。

「真的嗎？這幾天從新竹到這裡，什麼人也沒有，只有行屍最多。」駕駛聲音帶著抱怨的意味。

「停車停車，我真的看到那窗戶有人影。」

車子在大樓前停下，士兵下車拍打著店面的鐵捲門，邊敲邊高喊：「你好，我們是陸總部的士兵，這邊不安全！希望你趕快出來！」

「碰碰碰！」士兵繼續拍打著，繼續呼喊：「你好，有人在家嗎？我們是陸總部的阿兵哥，請你開個門。」

依舊無人應聲，士兵正想繼續拍打，終於聽到了門內有反應，是個中氣十足的老婦人聲音：

「吵什麼吵？都給我走開！」

「這邊不安全，希望你跟我們走！我們陸總部有避難所可以住，行屍待會會大舉侵略這裡的！我們有情報指出——」士兵補充說道，話還沒說完就被老婦人給打斷。

「都給我走開！你們吵死了，給我滾！」

老婦人隔著鐵門聲音依舊宏亮。

駕駛座上的軍人看著情況不對，背著步槍下車前來幫忙聲援。

「這位奶奶，我是他的班長，我姓張，這裡現在很危險，你開個門跟我們談談好嗎？」

「我再說一次，都給我走開，你們這麼大聲是要引行屍過來是嗎？你們這群領18趴的軍公教敗類，世界變這樣，看你們怎麼領啊！啊？啊~！」老奶奶開始有點歇斯底里。

「噗，張班，她說的是軍公教18趴優惠存款利率嗎？哈，這……那她要不要順便問我們是挺藍還挺綠啊？噗哈哈……都什麼時候了……」士兵轉頭小聲對著班長說著，兩手一攤。

曉穎跑到樓下，聽到了一些對話，發現並不是阿寒回來，內心失望，但是還是跑到兩名士兵面前，想打探一下。

「請問？」曉穎走近問道。

張班察覺到曉穎走來，第一時間舉起掛在胸前的步槍，發現是一般民眾，馬上把槍放下，說道：「這位小姐，我們是龍潭陸總部的，我們到處尋找倖存者，我姓張，可以叫我張班，他是我的隊員他姓謝，這裏現在不安全，請你趕快跟我們走，陸總部有避難營可以待。」

謝姓士兵補充說道：「對！我們接收到可靠的情資指出，近期行屍會一波一波的集結侵襲，我們認為桃園非常危險，將會是行屍大舉掃蕩一般，請你趕快跟我們離開中壢地區，陸總部很安全。」

面對年輕人，兩位士兵覺得這樣的溝通應該比老奶奶順利很多。

「但是我的先生外出了，他三天沒回來了，我必須等他！」曉穎回答時突然想到，接著問：「你們剛剛在外面有沒有看到一個男生，穿著帽T外套，背著一個黑色大背包嗎？」曉穎一臉焦急。

「沒有，我們一路上都沒看到人，但是時間緊迫，小姐，真的強烈建議妳跟我們去營區避難，下一波攻擊即將開始，非常危險！」

「我們的這情報非常確切，你看現在周遭都沒有行屍，你不覺得很奇怪嗎？你從沒看過吧，他們正在集結，很可能今晚就會掃蕩這裡，真的非常危險，這已經跟之前不一樣了。」張班繼續說明。

「這裡真的非常危險，妳繼續待在這兒，妳也見不到他，不過我們每週都會派軍隊出來尋找倖存者，或許另一批準備下來與我們會合的隊伍已經找到他了。」謝姓士兵接著說，然後不放棄的繼續拍打鐵門。

「老奶奶！你開門出來，我們談談好嗎？」

老奶奶像是走進屋內房間，沒出任何一點聲音。

曉穎思考了一下，覺得坐以待斃不是辦法，等待真的是最漫長的一件事，她非常想跟軍隊一起出去找尋阿寒，當機立斷自己默默點了頭，然後抬起頭來對士兵說：「你們等我一下，我回家去留個訊息，我跟你們走！」

曉穎握著拳心裡默想：「我想阿寒應該會來找我的，或是我會跟著軍隊找到他……他應該會希望我這麼做……我應該……」

兩位士兵繼續拍打店面的鐵門，老奶奶繼續置之不理。

曉穎衝回家中，在桌面上留下字跡，心理著急，不知道該帶什麼，衝到陽台捧起自己最珍愛的玫瑰花盆栽，就離開了家，內心萬般不捨，但是依舊咬著牙往樓下衝。

她內心寄望著，她與阿寒的默契，也相信阿寒生存的意志，便暫時以行動來走出心中的迷惘。

曉穎內心複雜，一轉眼才意識到自己正捧著一盆玫瑰盆栽坐在一台悍馬車後座。

旁邊還坐著兩位孿生兄弟，一路上道路殘破不堪，障礙物繁多，悍馬車行進搖搖晃晃。

前座兩名士兵，張班專注著開車，謝士兵拿著無線電通信設備，試圖跟陸總部聯繫，無線電的雜音一直斷斷續續，始終沒有通訊。

「你們，也是住在中壢嗎？」曉穎問著這兩位兄弟。

敦厚的哥哥回答：「對，我們就住在後站那裡，我弟弟有糖尿病，我們胰島素不足了，聽說陸總部有醫生跟護士駐守，希望那裡有胰島素，而且……聽士兵說，行屍似乎越來越多，開始積極攻擊人，所以……我想陸總部應該比較安全。」

「我……我先生出去找尋糧食，好幾天沒回來了，我非常擔心他，不知道如何是好，聽他們說，他們軍隊每週會組隊出來找尋生還者與糧食，我想……我想跟著他們，我想快點找到我先生……」話講到一半，曉穎壓抑的不安終於透過眼淚宣洩了出來。

「妳先生一定會沒事的。」顯得瘦弱憔悴的弟弟向曉穎安慰道。

「我想，人多的地方比較有辦法，他們一定會找到妳先生的，你別哭了。」哥哥也趕緊安慰一下，女生一哭，大多男生都會不知所措。

「嗯嗯。」曉穎點點頭回應。

默默兀自點點頭，曉穎坐在陸總部行政大樓餐廳裡，細細回想之前的發生，內心更是徬徨地假設。

「說不定，阿寒已經回到家了，我是不是不應該離開家裡？」

「似乎張班說的情報大家都知道，行屍會突然消失，然後再以好幾倍的數量集結移動，到處侵略攻擊，任何倖存者都很難……」

「阿寒該不會已經遇上成群的行屍？」

「那位大嬸說，因為之前軍隊四部車出去，除了張班帶著我們的這台車之外，其他三台車裡，只有一個人活著回來，而且還被砍斷了腿，現在都還昏迷不醒……」

「軍隊在考慮是否停止出隊的計畫……，這樣……這樣子……阿寒他……」

曉穎想到這裡，擔憂的情緒讓她雙手緊握，糾結不已，衷心盼望，待會軍官兵開完會後，會繼續組織搜救的軍隊出去。

7. Shout at the Devil

上午，漫天濃霧，陰鬱的天候，營區的草地上到處是早晨散不去露水，或許是雨，已經迷茫分不清楚了。

在營區倉庫裡醒來的依依，全身痠痛地坐了起來，頭痛劇烈，她摸了摸額頭，手上沾上了血，看著自己不太整齊的衣著，想到昨夜發生的恐怖，雙手抱著自己不斷顫抖。

「神啊，你為什麼要這樣對我……何中，何中，我好怕……」依依感受到自己擠出這句話的的雙唇一直顫抖。

坐在倉庫地面上，依依抱著自己埋著頭痛哭，哭了好一陣子。

「那個混蛋，我要趕快去看何中，何中一定要沒事啊。」

像是想到什麼似的，依依猛然抬起頭，心繫著心愛的人，深怕何中已經被那阿賴給下毒身亡了。

才衝到倉庫門口，又突然停下腳步，依依想到，要是何中怎麼了，她一定不會放過阿賴，更何況現在她已經被他玷污，內心憤怒又悲傷，但是不斷深呼吸，試圖讓自己冷靜下來，也想到了營區的大家長王上校。

「王上校一直很賞識何中，相信他一定會幫忙我們，這混蛋一定要付出代價！」

依依下定決心，怒火中燒，整理好自己身上的衣物後，便奪門而出往行政大樓走去。

才走進行政大樓，正要往加護病房方向走去，沒想到在走廊上第一個遇見的人就是內心最不願意看到的阿賴。

她馬上手揮過去要打阿賴，阿賴迅速抓住了她的手。

左右環顧四周後冷冷地說：「放心，何中沒事，我還沒下毒呢？」

接著眼神閃爍地往自己下半身望去，意示依依往那兒看，手從口袋裡像是掏拿什麼東西，口袋邊露出了一小緞紫色內褲花邊。

「妳的內褲還在我手裡，妳要是敢跟別人說昨夜的事情，到時候何中醒來，我第一個把這內褲送去給他，我會告訴他，這是妳送我的。」

「你，你這個人渣！」依依氣到眼眶已經泛紅，非常凶狠地直盯著阿賴，像是每個細胞都想要消滅對方一般。

「另外，妳也別想跟軍官們打小報告，赤尾鮐蛇毒，妳以為我是唬妳的嗎？妳想何中活得久，你就別輕舉妄動。」阿賴命令式的嚴詞，看樣子十分認真。
阿賴甩下依依的手腕，背向依依邁步離開，才走兩步又回頭。
「對了，阿兵哥們都在開會，晚點開完王上校會宣布事情，待會在餐廳，妳最好識相一點，額頭上的血擦乾淨。」

奔到臨時加護病房的依依被醫生發現。
「妳的頭怎麼流血了啊？發生什麼事？」
江醫生大吃一驚，上下打量依依的衣著，發現純白的護士服上面都是摩擦痕與髒污。
「我……我在倉庫那裡跌了一跤。」依依眼神別開醫生，深怕自己的情緒即將潰堤。
「我現在想見何中，可以嗎？自己一個人……」依依小聲說，像是微微發出的求救訊號一般，目前就是這微不足道的願望，守在心愛的人身邊。
江醫生具有精神科的專業背景，大概猜出依依應該是有難言之隱，但是醫生幫助人的本能反應，雖然現在不在規定的探視時間，她也稍作通融：「好的，妳陪陪何中，我剛剛才幫他換好藥，妳看起來很累，妳先把頭上傷口消毒包紮一下，等妳想聊聊的時候，我隨時歡迎妳。」
江醫生說完離開時還小心翼翼地把門給輕聲帶上。
依依看到何中一臉泰然，呼吸平順，顯然是沒事，內心大鬆一口氣，隨即便握著何中的手，跪坐在地上把頭靠在何中手旁邊。

開始不停啜泣，無法自己。

※※※

餐廳旁會議室的門大開，幾位士官兵走了出來了。

首先走出來的是一位樣貌威嚴的上校，整個營區的最高主官。

王上校步出會議室走向餐廳，滿臉的皺紋與傷疤讓他顯得經歷風霜、態度穩重，身上制服筆挺，說起話來更有讓人信服的莫名壓迫感。

但是他的保守與謹慎，加上實施「樽節規定」，使得無聊的夜晚沒了電力，引起許多士官兵與民眾的反感，失去了一些民心。

但是一直以來，他貫徹每週派軍隊出營去找尋物資與倖存者的政策，這一點，讓營區一直以來皆不缺乏糧食與用品，而人數也稍微增加，因此大家對他還是尊敬有加，尤其是剛被救來營區的新鮮人，更是感謝他。

隨即跟在王上校旁邊的人，是第二大長官林上尉，也是最常與他衝突的人。

年紀輕輕就升到上尉階級全是因為積極進取的行事風格，一直主張部隊不應該墨守成規在這裡苟活，應該要大舉移動遷移，找到活路，或許台灣其他的角落還有其他希望。

座右銘是：「Live for nothing, or die for something（與其無意義的活著，不如有價值的死

去。）」

除了理念不合之外，王上校向來不太理會林上尉還有一大原因，林上尉過去一直有接受軍營外包廠商賄賂的傳聞，甚至曾因性騷擾的罪嫌被起訴過，雖然從來沒有被定過罪，但是對於紀律嚴明的王上校來說，這是絕對不能容許的，因此始終對林上尉沒有好感。

士官兵們各自在餐廳找到位置坐下，林上尉也退到一旁，只剩下一位拿著步槍的士兵跟隨著另一名士兵，站在王上校側邊不遠處。

餐廳角落的一名軍人大聲喊道：「部隊集合！王上校有事向大家報告！」

依照王上校的領導統御方針，部隊教條已經改變很多，雖然沒了過去的軍中集合、值星官交接等基本禮節，但是軍人制式的方式，還是有些承襲以往。

王上校向前走近人群，站在中間，向大家宣達。

「剛剛跟各官兵開完會了，幾件事情向大家報告，是關於我們營區管理的新命令，還有一件紀律懲處的事情，第一，我們的何教官現在還沒清醒，我們決定暫停每週的部隊營外行動，直到事情明朗再作打算——」

王上校話還沒說完已經有人插嘴。

「是你的決定還是大家的決定啊？我們不是民主社會嗎？不出營，我們要活活餓死在這裡嗎？」一位中年男子叫道。

隨即也有其他人附議：「是啊，投票表決吧。」

「我們不是軍人，但是我們也可以幫上忙，我可以出營幫忙。」

「不，外面太恐怖了，我們不能再出去了。」

「我們想搬家，我們去台北，我們不是有直昇機嗎？」

被林上尉平時檯面下的遊說，不少士兵與民眾其實也頗支持林上尉的政策，但是也有一些人也與王上校一樣採取保守的態度。

群眾常常是由一個人開始煽動，其他不敢言的人才敢順勢提出想法，讚聲或罵聲，都是社群最基本的存在。

聽到王上校說出了這決策，曉穎心中一震，深怕錯過與阿寒重逢的機會，內心暗自打量著：「假如軍隊都不再出去，那我也要出去找阿寒！不知道會不會有人願意幫我……」

曉穎才初來到陸總部，很快就嗅到了，這個陸總部似乎非眾人一心，像是有分派系一般。

王上校雖然沒有得到全然的支持，但是還是有老軍官的基本的威嚴，大聲道：「大家安靜，各位先聽我說，我不是說不再派軍隊出去行動，而是我們掌握的情資得知……總之，我還是會派員出去探索，只是不是現在而已，大家放心，囤糧目前還足夠幾個月……」

老謀深算的王上校在軍旅生涯中熟知政治操作，也頗會安撫軍心與民心。

看到大家都暫時平靜，王上校繼續說道：「你們也知道，由於上次啟動直昇機，振動的聲音使得我們營區外的行屍數量越來越多，對於我們營區是個潛在危險，在沒有我親自下達的命令，絕對不能再出動直昇機。」

「近期龍潭行屍數量暴增，數量就像是上次我們啟動直昇機一樣多，輪值過門口的衛兵最清楚，張班長，你描述一下。」王上校繼續說著，目光注視坐在一旁的張班。

張班站起來，目光掃視眾人，隨即補充：「沒錯！上一次直昇機啟動，我正好輪值大門口，圍牆外的行屍大約有平常的三倍之多，我們最近可靠情報指出，近期桃園會有大批行屍集體移動，龍潭可能會出現更難以估計的行屍數量。」

停頓了一下後，張班繼續補充：「何教官也說了，外面有比行屍更可怕的人，情況還不明朗，我們應該先按兵不動。」

阿賴在餐廳的邊緣，站靠著牆壁，四處探視，沒發現依依的身影，有一絲罪惡感襲上心頭，深怕事跡敗露，也慶幸依依不在，內心正盤算著該如何是好，總覺得昨夜的荒唐讓他內心複雜，發現眾人有人與王上校意見不同，覺得耐人尋味，緩緩地走近眾人，找了個位子默默地坐下聆聽。

才剛坐下，阿賴的餘光發現對面座位上有生面孔，心想：「喔，新來的，還挺正的嘛。」一邊想一邊嘴角不自覺上揚，眼光一直注目在曉穎身上。

曉穎心事重重的模樣，不知道有人正一直端看著她。

林上尉似乎是按捺已久，也一副不願意服從剛剛開會的結果，舉了手開始說道：「報告，我有話要說，我認為——」

王上校面對一般民眾十分尊重，也認為軍人應該為民服務，所以對於民眾之抱怨與看法，皆會欣然接受，但是看到自己下屬沒有自己的允許擅自答話，非常生氣，馬上制止林上尉。

「林上尉，我話還沒有說完，待會會開放時間與大家討論。」王上校已經盡可能保持風度了，剛剛在會議室裡絲毫不給林上尉面子。

「讓他說，你以為你是皇帝嗎？」一位士兵豁出去地大聲喊道，似乎是林上尉的人馬。

「世界都這樣了，還有軍階制度嗎？我要自由。」另一位士兵也發難。

畢竟一年多來，軍人皆被王上校命令需要安排輪值的工作，還有出營尋找資源，除了醫生護士還有願意捲起袖子出手幫忙雜務的人之外，一般民眾幾乎坐享其成，許多士兵積怨已深，在行屍充斥的世界，連一毛軍餉也領不到，領到也買不到任何東西……

「對啊，是該改革了，最近問題太多了。」

「我要電，樽節政策取消。」

「投票表決。」

「大家安靜，聽長官講完。」

幾位民眾也加入抗議，也有人想維護秩序，也有人開始各自討論，餐廳難得吵雜失去以往的秩序。

站在一旁持槍士兵以及另一個士兵等待在側，其實是為了王上校待會要宣布的第二件事情。

那位未拿槍的士兵，是因為偷了民眾的私人物品，還有輪值門口時偷打瞌睡等事件，經過會議決議，即將要被王上校殺雞儆猴當眾判處關緊閉，以提升營區紀律與安全。

士兵看著眾人喧嘩，而身旁持槍的士兵似乎也分神在觀看眾人，趁機用肩膀撞向持槍士兵。持槍士兵一個踉蹌不穩，士兵隨即將步槍搶入手中。

砰！一聲巨響，眾人皆安靜了下來。

張班看到有士兵開槍，反射性地把腰間配槍舉起來向開槍士兵射擊，以防傷及眾人，砰！直擊開槍士兵的眉心。

一般士兵只能配給步槍，手槍皆是校級軍官才能配戴，但是張班一直以來深受王上校信賴，是除了何中之外，唯二授權擁有手槍配給的人，關於這件事，林上尉早已耿耿於懷。

由於另一聲槍聲響起，開槍士兵已經倒地，眾人尖叫，場面混亂。

許多人皆本能式的蹲低姿態，也有幾個民眾倉皇往門口奔跑，抱著泰迪熊布偶的男孩驚嚇到說不出話來，眼睛直盯著地上的一灘血泊，他的母親隨即緊緊抱著男孩的頭，遮蔽了男孩的視線。

林上尉迅速觀察情勢，發現開槍士兵已經被制服，馬上喊道：「大家別慌，一切已經控制住，這是意外，這是意外，大家不要亂跑。」

張班回頭探視，喊了一聲：「糟了！」

王上校倒在血泊之中，心臟處有個明顯的彈孔，鮮血不斷湧出，肩上的梅花標章也已染紅。

8. Snow Drop

新勢公園的一處商店裡，躲在二樓的阿寒，突然發現自己不小心睡著了，爬起來往窗戶外望去，發現街頭的行屍似乎散去不少，只剩下些許的行屍零零落落地各自亂走，跟以前一樣。

但是已經看到先前驚人景象的他，對行屍提高了警覺心，總覺得這些行屍不斷地在找尋他，再也不離開了，好像不遠處還有人拿著平板電腦，隨時可以控制行屍們暴走。

「該走了，不管怎樣，我要趕快動身去陸總部找曉穎。」阿寒內心唸著，也不斷給自己鼓勵振作，行屍爆發以來，他也安然度過了這麼久。

他深深吸了一口氣，決定下樓繼續面對這荒唐的街頭。

左手拳頭指縫間插著三根點燃的香菸，右手則握緊著鋁棒，阿寒現階段唯一能夠保護自己的裝備配置，不過他也明白，要是這些行屍突然間受人控制而向他撲來，他完全不知道自己抵擋得了嗎。

蛇行方式透過障礙物的保護，避開了幾隻行屍，阿寒走近剛剛那場血腥舞台劇的舞臺中，一具具全身血肉模糊的屍體，血腥味刺鼻，而那些行屍留下的啃食黏液，那腐爛的味道夾雜菸味，讓阿寒忍住想吐的衝動。

用腳踢踢剛剛他們所謂的流氓幫，阿寒想翻找些可用的武器，在這一推噁心的血塊堆中，阿寒實在不願意去碰觸那些東西，唯獨一把步槍相對看起來比較乾淨，阿寒小心翼翼地拾起。

這把65K2對他來說十分熟悉，是他過去在義務役軍旅生活中，朝夕碰觸的。

阿寒拋下鋁棒，熟練地操作65K2步槍，退出彈匣，檢視一下，大約還有一半的子彈，再度用腳翻踢那些屍體，想看看是否有其他補充彈匣，那陣噁心臭味明顯，讓他馬上放棄。

餘光發現那台平板電腦擱置在不遠處的地上，便走去撿拾查看。

輕壓按鍵，雖然螢幕破損刮痕滿布，但仍舊在這廢墟環境中突兀地亮了起來。

「果然是iPad，看樣子似乎還能用的樣子。」阿寒一邊查找，想找到那年輕男子的手指指紋以打開電腦一看究竟。

但是遍地的血肉模糊，加上還有斷枝殘臂，突然又想到：「要是真的可以操作，我跟剛才的人一樣誤擊了什麼按鈕，該不會行屍全部都撲向我？或是，行屍更加失去控制？」

思考完打消念頭，把平板電腦用飛盤般的方式，用力丟到對街的破裂落地櫥窗，「乒～啪啦！」幾隻行屍被聲音吸引，皆向對街走去。

「呼！一直好想拿iPad當飛盤丟丟看，今天終於辦到哩，哈！」阿寒想勉強擠出一點幽默感。

中豐路車流量高，因此一路上廢棄車輛很多，也是一直躲避行屍又能不斷行前進的好幫手，阿寒背著步槍，快步地在各障礙物間游移，前進還算迅速，行屍數量少的區域更是可以奔跑前進。

「曉穎，妳一定要平安地等我過去。」阿寒維持著信念不斷奔走。

在中豐路上走著，一路上看見店家，阿寒不忘前去尋找物資，尤其是牛奶，只要發現保久乳的有效期限過期得越少，他便把背包裡的保久乳丟掉，改放相對「比較」新鮮的保久乳，一直翻到了一瓶美國Hood保久乳，阿寒大吃一驚。

「竟然可以擺七個月！」

細細打量發現上面的文字還標榜高溫殺菌技術，阿寒心滿意足地丟進背包裡，但是內心仍掛著一絲哀愁：「唉，要是不為這該死的牛奶，或許我倆就不會分開了，也希望這瓶牛奶還沒酸掉。」

一路上的前進與尋覓，發現不少過去阿寒心中的夢幻逸品，那間體育用品店裡的Jordan 6代籃球鞋，幾經套量發現太大雙，只好忍痛放棄，畢竟穿不合適的鞋子去面對行屍或是剛剛碰見的流氓幫，想要拔腿就跑，絕對拖泥帶水。

另外發現曉穎喜歡的迪士尼雪莉玫熊玩偶也因為體積太大而作罷，以前看到喜歡的，他都還能順利搬回家，還常常一到家就對著曉穎開玩笑說：「廖添丁回來囉！」但是現在長途跋涉，內心幾經掙扎，還是盡量保持輕裝上陣。

雖然什麼都可以隨意拿，阿寒內心深處還是非常想念那個必須花錢買自己喜歡東西的文明世界，一邊找尋著果腹充飢的食物，一邊內心矛盾著。

中豐路上的陸軍後勤訓練中心，大門顯著，阿寒看到眼睛為之一亮。

「如果有拐拐，或許我可以聯繫上陸總部，先探聽一下曉穎的消息。」

拐拐是軍用無線電的俗稱，其型號為AN/PRC-77，那個77在無線電的話語中容易被人誤判，而7的形狀像拐杖，因此都通稱為拐拐。

要進去陸軍後勤訓練中心還不是太容易，一方面是門口拒馬很多，需要先搬開，再來就是那些拒馬上面也卡著幾隻行屍，重量加乘，但是抱著可以使用拐拐的一絲可能，阿寒努力了一番，終於擠身進入了陸軍後勤訓練中心。

「戰情室一定有，我先找到戰情室吧，希望拐拐還有電池……」

當過兵的阿寒，內心突然感覺到，養兵一年用在一時的道理，向來他對於自己過去義務役入伍這件事非常反感，總覺得失去自由又浪費時間，如今這些軍中學到的皮毛，卻是他得以仰賴的生存知識，包含手上步槍的操作。

阿寒觀察到營區內的行屍大多身穿迷彩，而且皮膚乾燥潰爛，像是被長年風化的感覺，乾癟而枯竭，內心不禁感嘆：「呼！當兵已經很不自由了，難道變成行屍還是要被困在這裡？」

突然間，阿寒一陣寂寞感上心頭，突然想到上次與人對話的時候，是在墊腳石書店與泰國人們，再來就是那很兇的鄰居老奶奶了。

久沒與人溝通，常常自己都自言自語地思考著，與自己對話時油然而生的孤獨，讓他內心更是想念曉穎。

營區佔地面積廣大，又要躲避營區內的迷彩行屍，阿寒為了找拐拐實在吃足苦頭。找了很久，終於在一間辦公室的角落發現了拐拐，連忙試試看可否使用，由於拐拐大多使用年代已久，電池也不敷使用。

阿寒隨意亂翻旁邊的密碼本，看著那些用來彼此識別軍中各單位身分的密碼，內心失望：「就算有了無線電，這世上到底還剩下多少人可以說話呢？」

寂寞的塵埃又再度於阿寒心上多蓋上了一層。

「該唉唉……該唉唉……」

一陣稍稍尖銳的哀叫聲在辦公室外面淡淡傳入。

這聲音在常見的嗚呼呼聲浪中顯得非常特別與明顯，但是實在很小聲，時有時無，讓聽力不好的阿寒，非常努力地聆聽。

尋著聲音慢慢地往辦公室外的一處雜草堆走去，阿寒右手持著步槍，左手拳縫中夾著香菸，煙霧緩緩飄升，非常謹慎地緩步前去。

雜草堆突然一個白影跳出來，「啊！」讓阿寒嚇到退後一步，那白影跳呀跳的，好不雀躍。

仔細一看，一隻小型白色貴賓狗，那小尾巴不斷地擺動，到處不規則奔走。

一下子就跳進草叢堆不見影子，一下又跳出草堆，像是玩耍似的，但是一直發出「唉唉唉」的聲響，像是餓了，又像是在抱怨什麼，身上白色的毛沾染許多枯葉與污漬，顯得白裡透灰，而狼狽髒污的模樣中，兩個小眼睛卻是純真而澄清地閃閃發亮。

「哈，沒想到營區裡竟然有一隻狗，牠是怎麼活下來的？」阿寒看到那白色狗兒的可愛模樣，不禁放下步槍，蹲下來仔細端看，內心直覺得牠像是一隻白色小綿羊。

「來來來，來我這裡，來！」阿寒內心剎那間溫暖了起來，伸出手想摸摸狗，不斷對貴賓狗喊著。

小白狗頭歪著頭注視阿寒，擺著一副狐疑的模樣，唉了一聲往阿寒方向奔去，像是迎接擁抱一般。

但是快要碰觸到阿寒的手時，又急忙轉身退回去，一時速度太快還在地上打滾一圈，讓阿寒忍不住笑了出來。

「哈！過來啊，過來啊。」

阿寒很努力喊著，蹲著慢慢向小白狗逼近，小白狗唉唉又汪汪，來回奔走，就是不給阿寒摸到。

阿寒看著自己的左手，發現指縫裡還夾著香煙，突然想到什麼似的。

「啊？難道是討厭菸味？啊！我還不是為了避開行屍，其實我也不喜歡菸味呀！」說完便把香菸丟到一旁地上。

可能沒有菸味奏了效，小白狗終於走近阿寒，在阿寒手指上聞了聞，還迅速地舔了一口，阿寒趁機不可失，馬上把小白狗給抱了起來。

「該唉唉……」小白狗驚慌失措喊叫著，但是隨即感受到阿寒溫和地撫摸，不再掙扎。

「噓，小聲唷。」

阿寒怕引來行屍，趕緊抱著小白狗想往辦公室內暫躲，在走之前不忘往草叢邊一望，發現了好多乾狗糧灑落一地，大多已經碎裂成粉，另外還有許多凌亂的空罐頭，看樣子全部都已經進入小白狗肚子裡了。

「該不會之前有人在餵牠？這草叢還真是躲行屍的好地方啊。」

阿寒納悶著，也擔憂，要是自己沒來這裡，這小白狗之後不就餓死了嗎？內心許多疑惑，也讚嘆小白狗生命力旺盛，這是阿寒自從鄰居家的哈士奇與家人舉家離開後，都沒再看過任何一隻狗了。

想到這裡，阿寒抱著小白狗的手更加珍惜地愛撫。

在辦公室裡阿寒盤坐在地上，仔細打量眼前小白狗的模樣，發現毛髮蓬鬆，但是其實毛髮內的身軀非常瘦弱，可能是餓了好一陣子，便趕緊拿背包裡的食物要給小白狗吃。

「這……這牛奶還是留給曉穎吧！」阿寒翻出牛奶後猶豫了一下子，又拿出了乾糧餅乾與鋁箔包果汁給小白狗。

看著小白狗搖著尾巴非常迅速的就把餅乾與果汁舔食乾淨，那可愛的模樣讓阿寒覺得自己不再寂寞，發自內心出現了久違的燦爛笑容，默默地欣賞著眼前小白狗的一切動態。

「曉穎要是看到這隻小狗，一定會非常喜歡。」阿寒十分確定。

小白狗在地上吃完餅乾就走近阿寒，把頭向前伸靠在阿寒大腿上，瞇著眼像是要睡覺一般，阿寒內心都快被融化了，不斷撫摸小白狗身上的毛，與小白狗相靠在一起好一陣子。

後來，阿寒決定起身繼續往陸總部方向趕路，整理了行囊，把小白狗塞在後背包的最上層，只露出一顆白白髒髒的狗頭出來。

小白狗似乎也挺配合，非常安分，像是被蛹化一般，兩眼放空發呆，身體隨著阿寒步伐上下起伏而晃動著。

阿寒持著步槍繼續往前走，從此之後的阿寒，因為小白狗的出現，手裡不再拿著香菸了。

9. Fare well

不再平靜的陸總部餐廳，一顆子彈，帶走了王上校，突然間改朝換代，陸總部的最高主官順理成章變成目前官階最高的林上尉。

林上尉原先還在震驚之中，但是很快地意識到這是自己的最佳機會，在安撫眾人驚慌的情緒時，腦裡馬上盤算他最熟稔的政治操作。

一直以來林上尉提出的想法從不被王上校採納的窩囊氣，這次終於得到抒發的機會，而他也最覬覦權力掌控的快感，即使營區內人不多，但是在這個倖存者鮮少的亂世，在這裡稱王，簡直就是國王一般的至高無上。

他明白這陣子人心惶惶，也知道大家有尋求民主的跡象，再者就是要塑造新的願景，這一天簡直是為他所設計，想到這裡他不禁嘴角輕輕上揚。

「大家不要驚慌，目前身為長官，請大家先暫時聽我安排，待會我們一定順從民意。」「張班長，請派人先將現場整理一下，我們擇日把王上校安葬，大家先回去休息平伏情緒，我們陸總部不可以雜亂無章，一小時之後再與大家開會討論。」

張班瞪視著林上尉，雖然可以猜到林上尉心懷不軌，但是身為下屬，加上對王上校的離去非常沉痛，只好隨即轉開視線，默默地找弟兄將王上校與另一位士兵的遺體先做處置，還來不及跟自己敬重的長官道別，謝班的沉默，更加沉默了。

眾人都很震驚，交談聲四起，也有人選擇沉默不語，已經有不少士兵湊到林上尉旁邊討論，見風轉舵者，還有林上尉原先的支持者都是，林上尉態度從容地引導大家，完全展露領袖氣息，瞬間許多搖擺不安的心，都不自覺往林上尉這裡靠近。

而依依這時候才趕到餐廳，完全是被槍聲與吵鬧聲給吸引過來，不然短期內她根本不想離開何中一步，看著眾人散去的畫面，接著看到張班與士兵拖著遺體的模樣，趕緊奔上前去詢問，知道了王上校的情況，依依跌坐在地，不可置信。

「天啊！王上校他……他死了……那……那誰來幫我？」依依本來還懷抱希望，希望王上校可以為她主持公道，可以好好處置或放逐阿賴，何中還未清醒，如今又失去了最後的後援，依依像是在大海中失去浮木，深沉的失落。

依依無助地抬頭張望，卻看到了她痛恨的阿賴，正與林上尉商量什麼事的樣子，小頭銳面還帶著笑容的模樣，讓她更是錐心的痛，兩行淚水縱然滑落。

曉穎跟著大嬸離開餐廳時，看到了坐在地上哀愁面容的依依，內心也揪了起來，看到相近年齡的女孩有張失去靈魂的表情，雖然曉穎還不認識她，但是曉穎感同身受地覺得：「大家都很悲慘，這個世界真是給我們開了個很大的玩笑……」

提出願景是每一個領導人都該有的動作，一小時之後，林上尉即將開始講述，他前一小時不斷設想的草稿，身旁站著不少官兵，想必是已經被他收服，其中阿賴更是站在一旁，表情自若，好像突然間也是管理層的一份子一樣。

依依怒視阿賴與林上尉，一時之間還不知道該怎麼面對這一切，她知道自己與何中一直都與王上校親近，是林上尉眼中釘，加上熟知林上尉的為人，明瞭自己現在的處境非常不利，林上尉是絕對不會幫忙自己的。

「我想在聽大家意見之前，我先說明一下我的想法，如果大家有更好的意見，我一定洗耳恭聽。」「首先，先廢除樽節規定！我們發電機需要的油料足夠，大家放心。」

「好，十分同意。」台下已有民眾馬上贊同。

「再來，取消官兵開會制度，未來我們大家都是一家人，我們有事，大家一起討論，工作，大家一起安排，」林上尉目光掃視群眾，意氣風發，不但為民眾設想，也將士兵工作給釋放出去，兩者兼顧。

「沒錯！」「我們本來就有參與的權利。」更多人加入讚聲。

「最後我有一個想法提出，營內有三台眼鏡蛇直昇機，兩台Airbus空中客車直昇機，狀況良好，剩下的油料足夠戴我們全部進行長途飛行，我主張所有人移駕到台北，首府一定有更好的資源與環境，值得我們去試一試，無論如何，我們都知道桃園的行屍越來越多了，可靠情報也指出這裏不再適合久留了，行屍開始集體移動，更何況何中教官也說了，桃園還有其他的人，比行屍可怕。」林上尉越說聲音越堅定。

「這是我的主張，要是我們往北探勘，就算沒有合適的地方，我們還能夠折返，或是我們可以先行派一輛直昇機去做前導探索⋯⋯」

「如果你們一去就不回來了呢？」大嬸憂心地問道。

「所以，我主張我們全部一起大舉移動，這裡真的不能再待了。」林上尉一直以來被壓下來的意見終於說出口，內心滿是期待，他一直想知道台灣其他地區，到底變成怎樣了，而這想法正好與王上校相反，他開心極了。

眾人開始騷動，各方意見皆出，餐廳開始吵鬧。

「不！王上校認為在這裏我們存活率才高⋯⋯」謝班也提出想法。

「我們要去台北，那邊還有政府在。」一位男子疾呼。

各種聲浪接踵而來，林上尉趕緊補充：「好，我說過要聽大家意見，我想這是我的主張，不願意的人可以留下來，請大家舉手發言，每個人都可以表達想法。」

經過兩小時的溝通，沒有軍人霸權式的態度，林上尉深得民心，大多數人對於陸總部近期現況停滯不前，加上面對圍牆外的不確定，幾乎所有人都贊同林上尉的主張，決定要搭直昇機前去台北，而這樣的民主政策，也讓想留下來的人可以繼續留在陸總部，一切皆按照個人自由意志。

想留下來的人不多，張班是其中一個，張班因為對於王上校的判斷深信不疑，加上對林上尉沒有好感，更強烈的動機是，他也是何中的好朋友。

另外是依依與何中，依依想守著何中更不想看到阿賴，而江醫師表態要留下來照顧病患何中，三人都被林上尉與眾人強力勸說。

眾人勸說的目的非常現實，大家其實是都為了爭取唯一的醫生，人人擔憂沒有醫生，健康有很大風險，經過努力勸說，江醫師終於答應眾人的要求。而且跟隨眾人，她的專業也得以繼續發揮。

而曉穎深信阿寒會找到陸總部的，再度奔走，只會使她與丈夫距離更遠，因此決意留下守候。新計畫順利推展開來，大家各有目標，物資也分配得宜，江醫生不斷囑咐依依照顧何中的一切細節，各種應變情況，以及備妥所需藥物。

很快的，眾人決議隔天一早啟程北上。

可能是期待台北的展望，加上將與少數人分離些許感傷氣氛，這一夜的晚餐，是難得的豐盛。

依依隨意吃了一點東西後就離開餐廳，守在何中身邊，而江醫師不時會到臨時加護病房探視，滿臉不捨與擔憂。

晚上的氣氛異常詭異，大家似乎又回到了過去的和睦，但是多了一些雀躍，也多了一絲詭譎，複雜的夜晚，只剩下圍牆外嗚呼呼聲響最為單純。

10. Driver's High

嘟嘟嘟嘟嘟……吵雜的背景聲響強烈，陽光耀眼。

耳膜陣陣刺痛，依依勉強睜開眼睛，視線模糊，外面光線的刺眼讓她不禁抬手遮蔽，吵雜的背景聲響，更讓她痛苦難耐，不斷揉著自己兩眼之間的山根處，也發現自己手臂上有陣痛，身為護理人員的她很快就知悉這是針筒插過的感覺。

「頭好暈，這裡是哪裡？」依依心裡想著，努力適應眼前光線，一時之間還看不清楚，身體也還在恢復中，暫時還使不太上力。

「這……這裡是……？」隨著身體漸漸恢復，依依意識到自己身處在一台直昇機上，那刺眼光線正是從側邊窗戶透進來的。

「何中？」依依膽顫心驚，四處張望想找尋何中的身影，但是找不著，她只看到身旁有好幾落紙箱與黑色塑膠籃堆疊在一起，塑膠籃上滿滿的物品，都被塑膠袋包裹著，所有貨品皆有一些紅色網狀保護繩纏繞著，稍作固定，而不遠處就躺坐著一個睡著的女孩，昨晚她有聽說，這女孩叫作曉穎。

「為什麼我們倆會在這裡？我們不是都應該要留在陸總部嗎？」依依焦急地想大叫。直昇機螺旋槳產生的巨大聲響，縱使大叫，叫聲也是徒勞，依依環顧四週，明白自己一定是跟上了北上的路程，心裡想：「這一定有問題！」

連忙走到曉穎身旁努力地想搖醒她：「快醒醒啊！快醒醒啊！」

曉穎睡得深沉，像是暈死過去，絲毫沒有反應，依依護理專業的本能，馬上為她做了初步的檢查。

「這樣子判斷，應該是屬於藥物昏迷，難道我也是被藥物昏迷？」依依緊張地拘著自己，往自己身上探視，似乎除了頭暈以及手臂的陣痛，沒有其他異狀。

曾經被侵犯的恐懼感湧上心頭，依依不禁顫抖著，心跳不斷加速。

依依觀察到這直昇機側邊的門是屬於無阻礙機艙門，這在她受過的軍事照護訓練課程中有印象，這台Airbus空中客車直昇機的設計就是為了各種緊急醫療救護使用，機艙門的大開門設計，完全是為了擔架的快速裝卸，而這樣龐大的機艙，是屬於重型的款式，可以裝載相當大的體積重量，這也難怪身旁這麼多的貨物。

依依看著門旁的緊急開門按鈕，心想，現在要是打開，或許能引起前方駕駛艙的關注，空中螺旋槳氣流很強，似乎也很危險，目前情況也不明，依依努力翻找，想看看是否有降落傘，或是其他防身工具。

內心的不安讓她下意識這麼行動著，四處查看。

依依充滿疑問與擔憂，探頭試著從堆疊紙箱的縫隙中往前方駕駛座望去，想看看駕駛是誰，陽光從前方射入，視線刺目，依依試著搬移紙箱，但是紙箱奇重無比，不易推移，而在晃動之中，依依很快的就從那微微隙縫中辨認出來，那個她極度痛恨的身影，在副駕駛座坐的人就是阿賴。

被堆疊紙箱遮蔽的前方駕駛座，兩人帶著通訊抗噪耳機對話著。

「她們要是醒了該怎麼辦？」駕駛坐一名身穿迷彩的軍人手握搖桿掌控著直昇機。

「呵呵，放心好了，我用的可不是乙醚耶，我用的是ＦＭ２，剛剛上飛機前才又打了一劑，好歹也可以再撐八小時吧！」阿賴邊說眼角上揚，像是連眼睛都跟著笑。

「你說的是真的嗎？林上尉真的同意這麼做？」軍人膽怯問道。

「真的啊，我就是按照林上尉指導的啊，那個曉穎就是林上尉想要的啊，那個小護士就歸我哩！嘿嘿……這麼標緻的美女怎麼可以放她們在陸總部等死，你這一幫，已經脫不了關係啦，安啦！相信事成之後，也有你好處，嘿嘿……」

「要是大家發現怎麼辦？」軍人還是相當不安。

「放心好了！林Sir都安排好了啦！不然怎麼是我倆押這台直昇機載貨，另外四台直昇機可是都坐滿滿的人耶！」

「好，我就是看在林上尉分上才幫的，那……那個依依，我也要上，我哈她很久啦！」軍人終於露出笑顏。

「幹！不跟你哈拉了，我還是去後面檢查一下，要是都沒醒我順道再往她們身上摸個兩把，嘿嘿嘿！」阿賴講完拿下通訊耳機，努力擠身要離開副駕駛座。

「哼，要不是只有我會開直昇機，不然現在在後面摸兩把的是我哩！」軍人自言自語，表情無奈。

依依發現阿賴正起身要往後艙移動，焦急著想找尋防身物品，一時之間，除了一箱箱的貨物之外，什麼都找不到，情急之下，趕緊躺回自己醒來的地方，假裝昏睡。

「嘿嘿，小護士，我來哩！睡得香嗎？」阿賴一邊用力推移著眼前箱子，一邊自顧自地說著，但是直昇機的噪音強大，怎麼說都只有自己聽得到。

手不斷扶著周遭貨物緩緩前進，走近依依的時候，還不忘往曉穎那邊一望，嘴角淡淡地上揚，內心想：「還挺可愛的，要是林Sir不要，我可要了，哎……要是現在有包菸抽該有多好。」

阿賴正轉頭要看依依的時候，依依突然撐起自己身體，非常使勁往阿賴命根子踹了過去。

「喔啊……」阿賴表情痛苦，手握著自己下體，痛得側躺在地，身體緊縮。

「妳……怎麼可能醒著……」阿賴不敢置信，身體劇痛，但是仍然努力地伸出一隻手抓住依依的腿。

依依一腳踢開阿賴的腿：「你這個死變態，去死吧！去死吧！」

腎上腺素猛爆，依依帶著強烈怒氣，猛力地一直踢踹阿賴，激烈到甚至重心不穩差點跌倒。

依依像是踢紅了眼，腦裡浮現那一夜被侵犯的可怕回憶，更是毫無保留地死命踩踢阿賴。

「去死吧！！！」

依依的吼叫聲，阿賴的痛苦聲，全部淹沒在直昇機嘟嘟嘟的震動聲響裡。

依依突然停下動作，彎腰深深喘了一口氣，抬頭注視著機艙大門，馬上拍按緊急開啟按鈕，機艙大門瞬間大幅度滑開，外邊空氣灌入，機艙內強風陣陣。

駕駛直昇機的軍人察覺，努力回頭往後方探視，但是堆疊的箱子眾多，視線不明。

「有沒有搞錯，摸兩把而已有必要玩這麼兇嗎？連機艙都打開了……該不會怎麼了？」軍人懦弱地不敢輕舉妄動。

軍人內心對於綁架兩女上機這件事，心裡還是帶著罪惡感，一時之間直昇機持續運行，他也無法放下操縱桿，駕駛經驗不多的他，雖然想到可以設定原地空中停留，這樣他就可以卸下安全帶到後面探視，想到阿賴一定會斥責他，而也有可能直昇機會脫隊，太多不確定的感覺，內心徬徨猶豫。

依依手抓著機艙邊沿的保護繩，奮力地把阿賴踢向艙門，阿賴死命抓著一旁的箱子，試圖要爬起來。

身為男子的阿賴終於爬了起來，下體痛楚稍稍散去，目前還可以抗衡依依這個弱女子的腳力，很迅速地背對艙門撲向依依，兩人不斷拉扯著，都用盡了全力。

阿賴眼神兇惡，一副豁出去的態度，抓住了依依的衣領喊道：「馬的！我今天一定要弄死妳！」

依依張口往阿賴手臂上咬去，阿賴痛得鬆手，強風陣陣吹進機艙內，呼呼作響。

依依手抓著保護繩網，往前用力一踹，再度正中阿賴下體，阿賴大退了一步，劇痛難耐，再度彎腰。

依依再度奮力一踢，阿賴重心不穩，向後躺仰跌下直昇機去。

「啊～～～」阿賴的慘叫聲隨著自己從直昇機上飛落，逐漸淡去。

機身莫名搖晃，貨物突然向一邊傾斜，保護繩網似乎有破損，一排沉甸的箱子順勢往機艙外滑出，細繩子負荷不了，隨即斷裂彈出，依依在慌亂之中緊抓身旁的繩網。

機身開始劇烈搖晃，駕駛軍人慌張地想控制住直昇機，駕駛經驗不足，一慌張反而弄巧成拙，飛機搖擺程度加劇。

「到底是怎麼回事？啊，怎麼拉不回來？」軍人慌張自言自語，完全不知該如何是好，手忙腳亂地操控儀表板。

依依沒有預料直昇機會如此擺盪，伸長手試著想要觸碰按鈕來關閉艙門，但是身體站都快站不穩了，不斷依靠在一旁，緊抓著保護繩網，她看到曉穎身軀滑落，就快要脫離座位上的安全帶了，趕緊奮不顧身撲向曉穎。

直昇機不斷擺盪，貨物陸續往外滑出，機艙門口還吊掛著幾個籃子，纏繞在繩網上搖擺，像是不願意放開手，整台直昇機嚴重偏離航線，斜斜地往地面一旁俯衝飛去。

向下飛行一陣子，機腹碰撞到建築，碰一聲，整個翻滾，跌落在一諾大的草地上，滑行了數十公尺，摩擦與碰撞聲響劇烈，煙霧四起，火光熊熊地局部燃燒，直昇機碎片散落一地，些許火光被雜草上的水分磨去，機艙破損但是整體結構似乎還算完整。

直昇機隊伍中有三台直昇機繼續往北飛去，其中一架直昇機輾轉低飛，像是回頭探視情況似的在殘骸旁邊徘徊旋繞。

這諾大的草坪，草長得很高，雜亂叢生，還有許多雜物散落，甚至有整排的塑膠座椅，原來這是一座棒球場，棒球場看台上的主要棚型建築物，整個破損缺了一角，想必是直昇機碰撞所致。

探視的直昇機，低空盤旋了一陣子，隨即又抬升往隊伍方向飛離。

棒球場周圍的行屍被火光與聲響給吸引，逐漸往殘骸處前去，雜草蔓蔓，讓行屍移動速度變慢，直昇機破損艙體像是一個崩壞的聚水水膽，行屍咖啡色的皮膚色澤，像是咖啡一般，每一滴就是一隻行屍，往水膽處聚集，雜草就是那濾紙，擋不住也抓不牢，那些咖啡色慢慢地聚集，慢慢地滲透，風聲帶著嗚呼呼吹拂草面，直達中心逼去。

遠處一條柏油路上，剛剛從天降臨的新鮮肉體，扭曲變形地緊貼路面，上方成群的行屍掩蓋著他，沒有一會兒時間，已經被行屍啃食得血肉模糊，白骨外露。

11. Pieces

阿寒背著小白狗，不斷趕路，有些地帶行屍鮮少，讓他腳步加快可以大幅度前進，而小白狗一路上都頗為乖順，非常配合地都不發出任何聲音，因此也不會引來任何行屍。

走累了，看到一旁店家就進去搜刮，這是阿寒第一次試著找尋狗糧。

「寶路……西沙……低脂鮮雞肉……」阿寒蹲在地上細細研究著，想比較一下從貨架上掉落一地的產品，雖然店內大多洗劫一空，但是狗糧似乎沒人要。

「看來人們還沒餓到連狗糧都拿走，不過在這種環境下，別說狗了，連人都很少了……」

「對了，你想吃哪一種啊？」阿寒對著小白狗問著。

小白狗不斷扭動鼻頭努力聞著，聞一聞就聞到阿寒臉上舔去。

「還沒幫你取個名字呢？」阿寒手摸著下巴的鬍渣思索著。

「讓曉穎取吧，愛狗的曉穎一定有想法。」阿寒想著，想到了曉穎，胡亂抓起幾個狗罐頭準備離開，「是該趕路了。」

好不容易走到龍潭市區，遠遠的震動聲，阿寒猜測是直昇機的聲音，聽聲音的方向是陸總部，內心焦急，走的步伐邁得更大步了，而小白狗在背包裡的上下起伏也更加明顯，偶爾還會小聲地發出「嗚！」一聲，稍稍表達不舒服的抗議。

隨著直昇機震動聲遠去，不知不覺也到了傍晚，天色漸暗，行屍動作漸緩，阿寒也趕到了陸總部。

在陸總部門口，發現沒人駐守，內心擔憂：「該不會全部搭直昇機離開了？曉穎應該會等我才是……」

正打算拿槍托撞門，但是周遭行屍搖擺走來，阿寒認為這不是好主意，便爬上旁邊休旅車的車頂，試圖爬進營區圍牆。

阿寒將背包與小白狗安置在車頂，先行用身上的帽T外套，鋪蓋著圍牆上的刺絲網，確認不會穿刺出來後，便將步槍抛進營區內，接著背起背包爬了過去。

阿寒爬的時候姿勢怪異，小白狗在背包內忙著平衡與調整姿勢以防自己掉落出來，但是還是不受歪斜控制，小白狗兀自跳了出來，落在一旁發出聲「該唉唉……」

「不准動！你是哪裡來的？你是流氓幫嗎？」一名士兵拿著步槍在不遠處面向著阿寒與小白狗喊道。

阿寒身軀一半還在圍牆上，狼狽地喬弄著身體，終於跳進營內，雙手高舉說道：「我，我不是什麼流氓幫，我是來這裡找人的。」

「65K2步槍，你哪裡來的？」士兵瞧見了地上的步槍，內心更加狐疑。

「這步槍是撿來的，我想知道陸總部這邊有沒有一個叫曉穎的女生，我是她的丈夫。」阿寒激動地問著，非常想知道曉穎的消息。

「曉穎？原來你就是她先生。」士兵將槍管鬆懈朝下，解除了警備狀態，「你好，我姓張，你可以叫我張班，曉穎確實本來在這營區內的，但是……你先跟我進去吧……」

「你有看到她，但是什麼？你快說。」阿寒焦急地問著。

小白狗歪著頭若有所思，來回觀看著兩人對話。

「這……我也很難說清楚，先進來吧，我們這裡只剩下兩個人，另一位在後面大樓裡。」張班搖搖頭，一臉感嘆。

看到張班反應，阿寒內心一震，認為凶多吉少，馬上紅了眼眶，因為情緒稍微哽咽激動，一時說不出話來，隨即便把小白狗抱了起來，尾隨張班走進大樓內。

「他是何中，何教官。」，「何教官，這人聲稱他是曉穎的先生。」張班將阿寒引見給何中。

「請告訴我發生什麼事了，我是看我太太留的字句，她要我來陸總部這裡找她，你們知道她在哪裡嗎？你們知道外面行屍集結的事情嗎？」阿寒激動不已，完全無法掩蓋他焦急的神情。

何中用手把自己從椅子上撐了起來，手拿起拐杖，緩緩地往阿寒靠近，面容憔悴地說：「你先別著急，你叫什麼名字？」

「阿寒……，叫我阿寒。」阿寒看到何中的腿缺了一條，一開始是訝異，接著便緊盯著何中，期盼的目光非常迫切地想知道曉穎的消息。

「我相信曉穎現在一定好好的，她跟我的……跟我的一個好朋友……，她們似乎都跟著大夥搭直昇機離開了。」何中難掩失落，「其實我也不知道為什麼，張班告訴我本來你太太跟我的朋友都選擇留下來的……，只是怎麼卻又改變主意離開，我也想不通……」

「我真該死，沒能保護好大家，我……我其實一直昏迷著，今天才醒過來的……」何中轉身背對阿寒，內心自責不已。

「本來幾個人選擇留下來的，你太太是其中一位，她說過要等你，但是今天一早不知道為什麼就看不到人影，我昨夜似乎被人下藥，早上起來大家已經不知去向，應該都往台北移動了。」張班長停頓了一下，接著握拳憤怒地說：「我想這都是我們那位林上尉搞的花樣，為什麼不直接把我們給殺了。」一講完拳頭握得更緊了。

聽到張班長大聲的說話，一直安靜在一旁的小白狗嚇到似地汪了一聲，也像是在呼應。

「我想你先別著急，離開的人很多，有很多好人，甚至還有醫生，他們會互相照應，我想她們會沒事的！」何中對著阿寒說著，內心其實跟阿寒相同地憂心。

那一夜，三人促膝長談，交換了彼此的資訊，將所有情況交疊比對，已獲得最完整的認知。

何中說明了他帶隊遭到流氓幫襲擊，並且切斷了他一條腿的經過，張班長說明行屍聚集的情報以及從中攔接走曉穎的過程，阿寒則描述他看到斗篷男子用平板電腦控制行屍的驚人發現。

再不能相信的事情，大家還是得認真相信，自從行屍爆發以來，似乎沒有什麼事情是不可能的了，如果真如阿寒所說，行屍是人為控制的，那他們甚至相信，或許有一天，世界可以回到過去一樣，文明可以復返，也不無可能。

由於營區內原本分配得宜的屯糧與資源在直昇機離開後皆已不復在，林上尉暗自把所有資源都給帶走，只留下簡單的餅乾與兩把滿彈匣的步槍給張班長與昏迷的何中，並拐走了依依與曉穎……。

何中與阿寒心繫著自己最在意的人，而張班長則是帶著恨意想找林上尉出口氣，三個人，一條狗，很快地達成了共識，決定隔天一早離開營區前往首府台北市，林上尉的目的地。

林上尉一行人帶走了大部分物資，但是車輛都還留在陸總部，他們決定要開著陸總部廣場上的那一台怪物，具備撞壓前方任何異物與行屍功能的重型坦克車。

入睡前，張班長引領阿寒與小白狗到樓上的房間休息，那個曉穎曾待過的房間。

阿寒一進門就看見了一個盆栽放在地上，那是曉穎最喜愛的玫瑰花，阿寒跪在地上，細細盯著，一手撫摸著玫瑰，兩行淚滑落臉龐，些許淚水滲入阿寒的嘴角，他可以感受到鹹鹹的味道。

「連離開家都不會忘記帶走玫瑰，如今離開這裡卻沒帶走，一定是被迫或是另有隱情……」想到這裡，阿寒心痛不已，擔憂自己妻子遭受任何磨難或意外。

手突然感到一刺，玫瑰莖上的細刺，讓阿寒手指滲出了鮮血，那鮮紅與玫瑰含苞上鮮紅相似，鮮豔又深沉，那刺痛像是深深刺入阿寒的心中，久久不散。

阿寒眼角帶著淚睡去。

本來在地下趴著睡的小白狗，自己跳上床去，鑽進阿寒的懷裡，睡得很甜，還微微打呼。

離開臨時加護病房的何中，甦醒不到一天，夜裡已經開始展開如同過去相同規律的鍛鍊，由於內心十分擔憂依依的情況，也想透過鍛鍊與呼吸協調，希望可以讓自己冷靜下來。

雖然剩下一條腿，但是曾在澎湖陸軍101兩棲偵察營受過精良的訓練，即使吃力，他還是不斷地伏地挺身與仰臥起坐，試圖讓自己肌耐力復原。

「我睡得也夠久了，今夜就讓我多花點時間鍛鍊吧。」

他努力不去煩惱依依的情況，但是另一個煩惱隨即找上腦門，在規律的運動呼吸之中，他不自覺憶起他在營門外發生的悲劇：

那一天，又是一如往常的到營外行動，這次任務稍做了調整。

何中為首的十人軍隊，經過王上校的指示下，八個人在四台悍馬車之中全力找尋物資，另外兩人駕駛另一台悍馬車巡邏各區，看是否仍有倖存者。

這樣的分配是由於連續幾個月找到倖存者的機率降低，但是收到幾次出巡隊伍觀察到的情報指出，新竹地區有行屍集體遷移的狀況，為了試著救更多的人，偵查專長的張班長與另一位謝士兵負責到處巡邏，看看能否再發現倖存者，也深怕這樣的情況馬上會即將波及桃園。

何中指示張班長他倆人，帶著糧食用水與無線電，三天的時間，直奔新竹，從新竹開始北上進行搜救巡邏，三天內何中會再派員南下會合，一起加入巡邏。

而另外八個人兩兩一組，何中領軍，打算用最快的速度將各大賣場、可能的商店，進行物資補給，深怕桃園也像新竹一樣，行屍集結，未來出巡將可能受阻，收集物資糧食更加不易，而一台車只坐兩人除了可以互相照應，其餘空間皆用來裝載任何可用的物資。

誰知道四台物資隊伍與一台搜救隊伍才在大溪一分頭，何中八人就遇到災難了。

「好，貝塔二三四號，這裡是阿法一號，聽我指示，待會前方十字路口各自分散搜尋，兩小時後到大園集合點會合，有任何狀況隨時匯報，OVER。」何中透過無線電向另外三台悍馬車下達命令。

話才剛說完，四台車急奔向前方十字路口，突然間路旁一個著火的玻璃瓶飛往第一輛車的車頭，「鏘！」清脆一聲玻璃破裂在擋風玻璃上，火隨著玻璃瓶裝載的汽油熊熊燃燒，悍馬車馬上煞車停住。

砰！砰！砰！砰！砰！砰！砰！砰！砰！砰！砰！砰！砰！砰！……一連槍聲從四面八

方傳來，持續了將近一分鐘，首台悍馬車上滿是彈孔。

雖然悍馬車防彈，但是這樣龐大的火力，瞬間讓沒上過戰場只殺過行屍的軍隊弟兄們，也算是個震撼彈，大家都嚇到了，對方火力十分強大。

「咳……咳啊！Get……Get the fuck out of the car！」路旁傳來宏亮的男人聲音，但是聲音夾帶著雜音，嚴然是透過大聲公廣播器發出來的。

現場安靜了三秒鐘，聲音再度傳出。

「咳！沒人聽得懂英文啊，我說啊，通通給我下車……嘎恁爸落車！（台語）」男人再度大喊。

「唷！唷！唷！再不下車要開火哩！直接開在輪胎上，看你們怎麼辦，怎麼辦呀！哈哈！」男人口氣戲謔又囂張，語氣充滿自信。

「各位，先別動，我下去跟他談。」何中透過無線電向眾弟兄說著，平靜的語氣也想順帶安撫大家。

「何教官，不要。」何中身旁駕駛兵想阻止他，但是一說出口後，發現何中已經打開車門。首輛悍馬車門打開，何中動作保持緩慢地下車，雙手舉高，背後揹著步槍，四處張望並無發現人影。

前方一旁廢墟走出三個人，其中一人拿著大聲公，剛剛喊話的想必是這號人物，那男子身穿黑色皮衣，帶著露指手套，滿臉痘疤，腰間配掛著一把紅色斧頭。另外兩人站在男子後面戴著鋼鐵人的面具，手上都拿著衝鋒槍。

「Only one！只有一個呀！唷唷唷！」「啊！其他人都沒種是不是，嫌我們火力不足是嗎？沒看到我身後的鋼鐵人嗎？」皮衣男子兩手一攤，在首輛悍馬車前不遠處站著三七步，一副開玩笑的模樣，但是著實讓人發寒。

「我們只是要想平安路過，如果這是你們地盤，我們可以繞道……」何中依舊高舉雙手態度和緩說著，眼睛看到這些人，手上皆有著梵文刺青。

「啊，都還不下車啊？喂！復仇者聯盟都出來吧。」皮衣男子故作俏皮地喊道。

道路兩側紛紛走出四五位男子，人人手上有武器，有的戴口罩有的一樣戴著面具，皆是復仇者聯盟系列的，那個戴著浩克面具的人，肩膀上還扛著火箭筒。

「聽著！我們……」何中一心想與對方交涉。

「唷！唷！唷！你是他們老大是吧！叫大家下車吧。」皮衣男子不讓何中繼續說完。

路旁有行屍聽到聲響靠近，隨即馬上被戴面具的人射擊倒地，砰！聲音此起彼落後，馬上又恢復了安靜。

「還不下車嗎？給我射他腿。」男子一聲命令，身旁拿衝鋒槍的隨即開槍。

砰！砰！砰！連續的射擊，何中已經倒在地上，右腳中彈鮮血湧出，痛苦地喊出聲音：

「啊……」

「不要啊！」何中試著向皮衣男子求饒，腿的痛楚劇烈。

看樣子已經沒得溝通，看到何中的慘樣，四台悍馬車車門陸續打開，眾士兵們皆慢慢地從車中出來，雙手高舉，身上都揹著步槍。

士兵中有人試圖要開口說話。

砰！砰！砰！砰！砰！砰！砰！砰！砰！砰！砰！砰！砰！砰……一連的槍響，所有的士兵全部被包圍兩側的「復仇者聯盟們」掃射至死，七人全部倒在地上，一片狼籍，血跡四溢。

「不！不！不要啊！」何中瞬間崩潰，斗大的眼淚與汗水冒出，在地上面紅耳赤地顫抖著，眼睛望著死在地上的弟兄們。

皮衣男子又舉起大聲公，走到何中身旁，低頭用大聲公對著何中說：「唷！唷！唷！好慘啊！全部早點乖乖下車來不就得了！只有你一個人下車逞英雄嗎？」

「你到底想怎麼樣？」何中氣憤抬頭注視著皮衣男子。

「跟你說誰是英雄好不好？不是復仇者聯盟唷！哈哈！是我們，我們流氓幫！」

皮衣男子從腰間取下出斧頭，高高舉起，直落何中中彈的大腿上。

「呀啊～～～～～！」何中被斧頭砍住，痛苦不已，痛楚已無法承受，馬上昏厥了過去。

流氓幫眾人開始在悍馬車上翻找物品，開始有人抱怨：

「馬的！什麼都沒有！」

「至少有悍馬車囉！也多了幾把步槍！」

「我操！你槍管不要亂指啊。」

「啊！斧頭都是血，真是的。」

眾人打鬧著。

當何中醒來的時候，發現自己躺在悍馬車上，中彈的腿已經截斷，但是已經被包紮止血，顯然對方沒有要他性命，讓他十分納悶。

身上痛楚斑斑，尤其大腿的疼痛更是難熬，心中恐懼餘悸猶存，何中大口吸著空氣，臉色發白，忍著痛苦強逼自己鎮定。

環顧四周，發現其他車輛都被開走了，身旁留著一支步槍，何中想到死去的弟兄大聲怒吼：

「啊～～～為什麼～～～！」

休息好一陣子，痛楚才得以承受，何中試圖發動悍馬車，但是始終發不動而作罷。

何中拖著自己的身體，背起步槍想離開悍馬車，失去腿的他一開門馬上就跌落在地上，傷口處像是灼燒一般折磨著他。

何中痛得爬不起來，只好匍匐前進，帶著痛楚，緩慢地移動自己的身軀，看到自己熟識的弟兄屍體散亂在側，何中聲淚俱下，趴在地上痛哭。

「這些人根本不是人……我一定要趕快回去警告大家。」何中堅持著信念，拖著痛楚往陸總部方向緩慢地前進，最煎熬的是，要縮短路徑，他還必須爬過自己弟兄的屍體。

何中眼前的視線被眼淚佈滿，全身沾上血與模糊不清的殘液，此時的他覺得自己身在地獄。

12. Killing Me

破曉，三個男人與一隻小白狗，整理妥當後，塞在坦克內，緩緩駛出營門。

坦克由張班駕駛，何中則負責操作坦克裝配的潛望鏡設備觀察四周，阿寒則是負責看好小白狗，避免牠在坦克裡亂竄誤觸了設備按鈕。

被阿寒手撫摸著的小白狗，在坦克內十分安分，只剩下尾巴不停地搖擺著。

北上的坦克內一片沉寂，除了小白狗之外，似乎人人都帶著鬱悶，坦克的履帶緩緩貼合路面，行走上的一切起伏與碰撞，在坦克內格外明顯。

張班試著打破沉默：「第一次坐坦克？」

「喔！是啊！我之前是空軍，沒坐過坦克，這是第一次，不只是第一次坐坦克，還是第一次抱著狗坐坦克。」阿寒也試著用幽默瓦解僵局。

「哈！我也是第一次跟狗一起……」張班的笑聲顯得有點尷尬。

何中依舊沉默不已，非常認真探視周遭情況。

「何中，你要不要休息一下啊，看來這一帶只有廢棄的汽車跟行屍了，你睡一下吧，行屍直接碾過去就行了。」張班看何中如此認真，內心稍稍為他擔憂。

「昨夜我也說了，那個號稱流氓幫的一群人，真的不是人，比行屍可怕，我不希望我們再度遇到他們，我們最好提高警覺……」何中繼續緊盯著潛望鏡。

「安啦！我們這輛怪物這麼大聲，一下也被人發現了，就算被發現，我們還有大砲耶！」張班說道。

張班雖然雲淡風輕地回應著何中，但是內心也明白何中確實受到驚嚇，想必那流氓幫真的不好對付，不禁也冒了些冷汗。

「不然，你教我操作，我們偶爾交換一下工作吧。」阿寒也想幫忙。

「不了，我可以搞定！」何中絲毫不敢分心，接著操作著無線電，看看是否可以聯繫上附近倖存的軍營。

何中嚴肅的態度，讓氣氛瞬間降至冰點，大夥安靜了一下子，除了外頭的震動聲響，坦克內剩下明顯的無線電雜音。

「啊，我覺得……晚點停車後……我們幫狗洗個澡吧，你們不覺得坦克內……」張班突然喊道。

「很臭，是嗎？」阿寒隨即補充，內心有點不好意思。
「對，很臭，你們…你們都沒感覺嗎？」張班的聲音帶著一絲靦腆。
「確實該幫牠洗個澡。」何中終於聲音中傳達著鬆懈的口語。
「哈哈哈哈……」三人坦克內，一起放聲大笑，小白狗也跟著參與吠叫。
阿寒突然內心感嘆著：「啊，我到底有多久沒這樣大笑了？」腦中馬上浮現了曉穎的笑容，那甜甜的嘴角。

傍晚時分，坦克內僅剩的飲用水與餅乾不多了，經商討之後，為了走更遠的路，把坦克停靠在一棟圖書館前，三人決定分頭行動。
何中因為腿傷行動不便，跟小白狗一起先在圖書館前廊休息也順便看照坦克，張班與阿寒各自分頭去找尋食物，兩小時後在圖書館前碰頭。
小白狗不斷撒嬌，終於讓何中緊繃的心情有所調適，不斷撫摸小白狗，還輕聲對牠說：「你知道嗎？依依也很喜歡狗，她要是看到你，不知道會有多興奮，唉！希望她沒事。」
小白狗亂舔何中的手，像是餓了，也像是在安慰著他。
可能是緊繃的備戰狀態耗費體力，抱著小白狗的何中，倒靠在牆邊，很快地打了個瞌睡，進入夢鄉。
何中半夢半醒，只覺得時間似乎過得很快，腦袋昏沉。

「嗚～汪～！」小白狗喊叫一聲，何中驚醒，手打算去拿擺在一旁的步槍，才驚覺一把刀子架在自己脖子前，不敢輕舉妄動。

「喔，看看是誰來了啊。」一名光頭男子手持西瓜刀在何中的後側說道。

何中看不到對方，但是發現對方手背上有刺青，馬上聯想到流氓幫，內心一震，心跳劇烈。

「汪！汪！」小白狗怒吠，隨即被旁邊另一名戴著口罩的男子抓住，並把小白狗的嘴給握住，「該……」小白狗哀嚎掙扎。

「等一下，牠只是隻狗，放過牠。」何中憂心喊道。

光頭男子把何中在地上的步槍踢開，接著西瓜刀拿離何中脖子繞道到何中面前蹲低姿態，另一手拿著手槍指著何中的頭。

「又見面了啊，我以為你死了耶，你記得我嗎？復仇者聯盟……」

「流氓幫？為什麼當時不殺了我？」何中十分激動，內心憤怒與恐懼參半。

「唷，挺厲害的，記得我們啊？我當時戴的是美國隊長的面具，你記得嗎？哈哈哈哈！你他媽的一台坦克停在這裡，也太招搖了吧！竟然還帶一隻狗，你是來報仇的還是來搞笑的啊？」

「幹掉他，幹掉這隻狗，我們把坦克開回去吧，老大看到一定很爽，我們快閃吧。」口罩男子在旁喊著，一邊不斷緊握小白狗的嘴，小白狗不再亂動，眼神無奈。

「不然把你帶回去給老大好了，挺有意思的，你知道為什麼我們老大不殺你嗎？」光頭男子耐人尋味地緊盯何中，輕浮的模樣極像是當時拿斧頭砍傷何中的皮衣男子。

「要殺快殺，請你們放過那隻狗。」何中雖然堅強面對，其實內心在面對死亡，還是十分恐懼，緊咬牙齒的他心裡不斷浮現著依依的臉。

光頭男子突然認真睜大眼，開口說：「會留你這條狗命……是因為當時我們老大在你身上裝了追蹤器，因為幾台悍馬車跟步槍根本就不夠塞牙縫啊，老大想說你們一定有營地，搞不好還有女人呢，只要你不死，你一定會趕回去營地啊！到時候……到時候我們追去才會收穫滿滿啊，我一直賭你是龍崗那裡的阿兵哥啊。」「他媽的！沒想到才沒一下子，你的追蹤器就掉了！是你發現了嗎？」

當時要是因為自己而把流氓幫引領去陸總部，相信陸總部有可能會遭遇不幸，想到這裡，何中揑了一把冷汗，一陣恐懼上心頭，完全不敢想像下去。

「追蹤器？該不會是在爬行的時候掉了？」何中接著努力回想，也暗自慶幸。

「他媽的！不理我！」光頭男子喊道，然後用手槍的槍托往何中臉上奮力一擊。

被痛擊的何中，忍耐著不發出任何聲音，緊咬著牙，怒視著光頭男子，像是不甘示弱。

「殺了他啊，別跟他囉唆了，我們趕快回土城看守所。」口罩男子在旁喊著。

「土城看守所？難道流氓幫這批人本來是看守所的受刑人？」何中聽到後內心馬上做聯想，也發現眼前出現了人影。

「啊！光頭佬，小心……」口罩男子大聲喊道。

光頭男子聽到同伴突然地大喊，疑惑地轉頭看著口罩男，光亮的頭頂突然有異物頂住的感受。

「放下槍，不要亂動。」一把步槍頂著光頭男的後腦勺。

何中發現原來是阿寒趕到，內心複雜，一方面非常擔憂不是軍人的阿寒捲進這場不幸之中，一方面則慶幸自己獲救。

「你快放下槍，而你，你快把狗放下。」阿寒再度喊著。

「好好好，你別衝動，我放下就是了。」光頭男子不清楚阿寒底細，不敢輕舉妄動，兩手同時把西瓜刀與手槍放在地上。

口罩男子身上沒有武裝，抱著小白狗頻頻後退，模樣緊張。

何中見機不可失，馬上拿起一旁拐杖，直接往光頭男子頭上揮去。

「啊～！他媽的！」光頭男子一陣劇痛。

接著何中用手撐起自己身體，努力往自己步槍的方向移動。

光頭男子似乎被這一下痛楚給惹惱，看到何中遠離自己，便看著地面的手槍，似乎想要孤注一擲地撿起來硬拼，但是又深怕身後的威脅，內心游移不定。

砰！一聲清脆，光頭男子額頭中彈倒地。

阿寒手指顫抖著拿著步槍，看著眼前倒地的屍體，緊張的退後幾步，隨即朝何中方向看去，發現這聲槍響來自何中之手。

何中步槍指著另一名口罩男子說道：「快把狗放下！不然你跟他一樣！」

「你……你別亂來，我會把狗掐死唷！」口罩男子抱著狗不斷後退，試圖舉著小白狗來擋子彈的模樣。

「阿呀！」口罩男喊叫一聲，把小白狗往前一丟，原來是被小白狗咬了。

「該～」小白狗掉到地面，發出一聲哀嚎，隨即馬上往阿寒腳邊奔去。

砰！一聲清脆再度劃破空氣，何中為了避免風險，馬上斬草除根開槍射擊。

看著兩具屍體，阿寒驚恐地放下步槍，心有餘悸，趕緊抱起小白狗，查看小白狗是否有受傷。

「呼，好險有你。」何中喘了一口氣。

「老實說，我還不知道自己敢不敢開槍呢？我……我只殺過行屍……」阿寒臉色鐵青，手往額頭上擦汗。

兩人都坐攤在地上，大口喘氣著。

小白狗像是什麼事都沒發生似的，一直吐著舌頭左右張望。

「你們沒事吧！」張班在不遠處喊道，奮力奔跑過來會合，看到眼前景象，驚訝不已。

「我們趕快先進去坦克吧！外面太危險了。」何中說道。

三個人一條狗，又開始了繼續北上的旅程，但是這一路上增添了一份不安。

原本規劃的路線是想先到土城的國防部後備司令部一帶，試著用無線電聯繫看看能否找到倖存的軍隊，但是何中強烈認為流氓幫的陣營就聚集在土城看守所，因此建議北上的路程繞道，以避開土城。

畢竟一台坦克很難主動去攻擊一個未知的陣營，資訊不足火力也可能不夠，三個人的警覺心大增，一路上都不再開玩笑，心情沉重。

13. Sell My Soul

台北外雙溪的故宮博物院，其後山有個山洞，用來保存所有珍貴的館藏，而此處一直都是非常神祕的，建立於民國五十四年，由於當時政治情勢緊張，為避免戰機轟炸，故宮委託台電公司開挖了一百八十公尺深、五層樓高的「藏寶庫」，透過天然屏障的保護，加上內部厚達七十公分的鋼筋水泥結構，完全可以是危急時期的最佳「諾亞方舟」。

這個曾是保護歷史文物的地方，如今已成為一個國際非政府組織的基地，這個組織世界知名，但是這個所在地卻是祕密般的存在。

通過故宮博物院一樓不起眼的員工休息室旁，將厚重書架推開，即可發現一個祕密通道，這個通道冗長，像是個時光隧道，隧道底部有兩座石獅子鎮守，諾大紅門氣勢磅礡，透過指紋辨識、瞳孔偵測系統，外加一把紅門專屬鑰匙才能打開，打開後，彷彿穿梭古今，馬上從古色十足的宮殿變成摩登現代的商辦會場，迎面而來的透明光滑玻璃門上，有著霧面的中英文字樣：「綠色地球倡議組織－台灣總部 Green Earth Initiative － Taiwan」。

綠色地球這個組織在全球有四十多個分部，多年來一直在保護地球環境上扮演重大的推動角色，實質行動去揭露許多大企業的污染真相，也積極為環境議題提出解決方案。

迷霧之後，世界變了模樣，綠色地球依然活躍著，甚至，更加活躍。

一位穿著黑色牛津襯衫的男人，大家都尊稱他為李桑，滿臉鬍渣，信仰環保。

那件牛津襯衫剪裁特殊，比一般襯衫多了一份幹練的氣質，領子精緻小巧像是結合中山裝與西式襯衫的綜合體，領子上別著一顆金色閃耀的徽章，是一顆地球的造型，也是「綠色地球」的專屬徽章。

據說全台灣只有李桑擁有這個徽章，這個徽章還是荷蘭總部人稱「救世主」的總領袖－Savior親手頒發給他的，而這榮耀全是因為「方舟計畫」的成功推行，也是台灣總部參與國際活動以來最大的成績。

李桑手摸著下巴粗糙的鬍渣，眼睛盯著諾大的電視牆，在控制室裡若有所思。

電視牆中間有個像是天氣雲圖的台灣地圖，只是上面顯示的不是氣壓，是大量密集的紅點，其中還有些許的白點，像是顯示大量人群的社群打卡位置，而左右兩側各有兩組視窗，顯示著一些數據與圖表，這巨大電視牆就像是個監控板。

電視牆前是放射狀的扇型辦公室，坐著一群研究員，人人皆盯著電腦螢幕，面無表情忙碌著。

這支打著環保旗幟的組織，活屍爆發後繼續存在著，可能是台灣區域目前少數，或許是唯一，擁有如此強大電力系統，並且還擁有與國外通訊設備的所在，如果說台灣這座島上可能擁有僅存的網路訊號，可能性最大的也只剩下這裡了。

「小昭，這週情況如何？開始彙報！我只想聽好消息！」李桑下達命令。

所有研究員皆將目光放在小昭身上，人人面容皆嚴肅謹慎。

小昭是計畫小組長之一，瘦高的身軀，臉上戴著黑色粗框眼鏡，類似旗袍一般的緊實黑色套裝，儼然的專業形象，而套裝迷你裙下，則是黑色半透膚絲襪，表面有著淡淡的光澤，使她的修長腿型更加亮眼。

小昭是男性研究員們覬覦的對象，是大家眼裡的女強人，使命必達，而方舟計畫推行以來她功不可沒，但是最近的情勢，所有研究員都為她捏一把冷汗。

「方舟計畫，扣除上個月我們已經拿下的中台灣，本週已經快要完成南台灣的掃蕩，剩下台東，預計本週六完成，北台灣剩下桃園還需要一些時間，似乎那邊有一些陣營我們尚未突破……而流氓幫最近又不受控制——」女研究員小昭尚未說完就被李桑制止。

「我不想聽到這個，沒有陣營是無法突破的，叫士坤再培養三批『掃蕩者』過去！」

「李桑，這……目前培養的『掃蕩者』，聽士坤說……還沒準備好……還需要點時間。」小昭面有難色。

「多久了……一年多了，我們已經奮鬥整整一年多了！你們知道歐洲那些國家有多快成功嗎？我們太慢了！我要看到全面性的結果，不然，下週我把你也變成『掃蕩者』！或許會快一點！」李桑憤怒地喊著，目光如炬，緊盯著小昭，再轉向眾人。

「一個禮拜！我們給彼此最後一個禮拜！」李桑聲音鏗然有力。

「你們要知道，為了這信念，我們可以犧牲生命，我們可以犧牲一切，而我們也已經犧牲太多了！我們追求的是地球更美好的榮景，直到那一天，我會陪著你們把地球最後一盞燈關上。」

李桑停頓了幾秒，深深吸了一口氣，補充說道：「另外，為各縣市再各培養一批『掃蕩者』，一區各二十員即可，每一批加派兩員『同化者』，回去再掃蕩一遍，確保沒有留下任何活口！就算是流氓幫也不管了，一起拿下。」

「是！」小昭迅速答覆，隨即欲起身離開控制室。

眾研究員皆低頭繼續操作電腦，有兩位研究員起身打算跟隨小昭一起離開。

嗶！嗶！嗶！嗶！電視牆上突然顯示警示消息。

要離開控制室的人員皆停下腳步，探視電視牆。

「發生什麼事？安全組回報！」李桑開口問道。

「報告李桑，預警雷達顯示，西南方有四架飛行物體靠近，距離總部還有五公里，按照前進速度，推估四架都是直昇機。」一位研究員迅速回報。

「報告李桑，是否要建立通訊，了解對方身分？」另一名研究員問道。

「喔，直昇機？難得一見……還一次就四架？」李桑一手摸著下巴的鬍渣，若有所思，接著冷冷答覆：「不用，直接啟動地對空飛彈，射下來吧！」

「是。」研究員馬上低頭操作控制台上按鈕，鎖定西南方的直昇機。

故宮後山立即飛出了四枚地對空導彈，疾速地向西南方飛去。

沒有多久時間，空中陸續傳出爆炸聲響，而這些聲響在隱密的外雙溪山洞內，聽來只像是遠方傳來的微微爆竹震動。

※※※

會議室的樓上，一間間銀色金屬牆面的實驗室像飯店房間一樣，一字排開，每一間都有一個學校教室這麼大，兩位研究員在實驗室門口，操作著觸控螢幕，螢幕上寫著「掃蕩者培養程序：50%」，其中一位高大的男研究員透過門口的小視窗往實驗裡面望去，「快了，已經有咖啡色跡象了！預計後天可以派這一批出動。」

另一名稍嫌瘦弱的男研究員結結巴巴地說：「學、學長，你……覺得我們這麼做……這麼做……是對的嗎？我……我不太確定，剛剛……剛剛發現……裡面，裡面有我認識的人，她……她是我大學同學，她是……」

「士坤，聽學長說，我們努力到今天這一切都是靠你的研究成果幫的忙，這就是李桑說的副作用啦，看到認識的人變成這樣，接著會這樣想是很正常的，你只要記住，記住我們受過的訓練，還有我們宣誓的信念，『你我都是造物者的使徒！』」高大研究員將手拍拍士坤瘦弱的肩膀。

「對……對！你我……你我……都……都……是造物者……的……的使徒……」瘦弱研究員閉眼念著，高大研究員對他肩膀的一拍，讓他憶起兒時被同儕霸凌的景象，讓他口吃更加嚴重，他點點頭，然後再度張開眼繼續操控著觸控螢幕。

銀色牆面內，只有暗紅色的光線，詭譎而神祕，而裡面活像是現代兵馬俑遺跡一般，只是少了塵土，多了現代的設計風貌，大約一百位屍體一般的人體密集著站立在實驗室裡，前胸貼後背的距離，而行列整齊地向棋盤一般，這些人與一般人無異，穿著各自風格的衣物，像是你我，只是人人後腦勺都接著一條扁平電線，像是ＨＤＭＩ線一般連接著天花版上的儀器。

而「他們」一直逐漸在變色，皮膚皆往深咖啡色轉換，而血管則是一直變黑，彷彿這間培養室，就像是把人「培養」成行屍。

今夜是士坤負責輪值的班別，高大的學長交接完就先行離開了，冰冷的實驗室剩下士坤繼續設定著最後的程序。

按下確認按鈕後，便走進實驗室旁的小辦公室裡，今天的他心神不寧，他長期以來努力的信念，他付出所有與大家建立的「方舟」，這方舟船底似乎有了破損裂痕。

這裂痕是一個已經失去意識的「準掃蕩者」造成的，那位士坤認識的大學女同學，是他大學四年來暗戀已久的對象，因為在他心中形象有如天使，因此自己偷偷的給那位女同學取名叫做「天使」。

士坤加入綠色地球已經將近十年，幼年父母雙亡，滿臉痘子其貌不揚，另外講話結巴，從小到大都是被霸凌與戲弄的對象，唯一的特長是成績優異，但是好成績並沒有給他帶來好人緣，向來獨來獨往的他，誤打誤撞念了醫學工程系。直到一次選修選到了環境工程系的那門「環境倫理學」，那課程成為他人生的轉淚點。

「環境倫理」是脫離以往的人類中心主義，認為地球是所有生物的，並非人類主宰的，人類只是與其他生物一同居住在這地球上的過客，所有生物都有平等的生存權利。

那門課提倡的理論他全然地認同與支持，甚至更延伸認為，人類的存在其實是地球的毒瘤，自己每天的消耗資源、自己的存在，也是毒害地球的兇手之一。

所以在學期間，他積極地參與綠色地球的志工活動，甚至還參與許多抗議行動，跑去知名企業門口舉著綠色布條伸張環保訴求。

當他努力到博士班畢業之後，就將他畢生所有積蓄都捐給綠色地球，並且挺身加入其中，深信自己唯有從事環保工作才能降低自己的罪孽，而地球也才有活路。

士坤在信念加持下，優異的醫學與理工研究能力隨之爆發，在綠色地球新建立的「方舟計畫」中，透過與各國專業人才一起奮鬥，如虎添翼，那套神經元控制系統也是靠著他的程式設計而有了強勢的進展。

在值班室的士坤振筆寫著日常點檢紀錄，但是當他想起那位他暗戀的女同學正在實驗室裡轉變著，他內心激盪不已，連呼吸都開始緊湊。

為了再次堅定信念，他從座位抽屜拿出那本方舟計畫參與者都有的聖經：「方舟計畫指南（Final Guidance of Ark Plan）」，這份中文版是大家的精神導師李桑親自翻譯的，士坤十分受到李桑器重，士坤也把李桑當成父親一般的對待，敬重不已。

方舟計畫指南封面有著明顯的Confidential極機密紅色章印，這代表這份文件絕對不可傳出這個總部，甚至，完全不可在總部以外的任何地方提及這個計畫。

士坤翻開封面，找到熟悉的那一頁，開始一字一句仔細地爬梳著：

無知的我們不解浮游的偉大
日益的毀滅是必然
只要相信，只要願意改變
你我都是造物者的使徒
唯有摧毀才能重生

污染其實是我們本身
唯有歸零才有希望
我們只是碳的循環
神聖使命就是造物的開始
你我都是造物者的使徒

接著翻開計畫的第一頁，回顧這些他參與的一切。

五年計畫，預計目標完成時間二〇一六年三月一日

第一階段「掃蕩者程序」總則：（程序細節展開請參閱對應二階文件）

〔名詞定義〕

掃蕩者：掃蕩執行者，已安裝神經元膠囊者，由總部透過衛星控制，或由同化者控制。咬食所有指定範圍內活體人類，任務中止後膠囊停機休眠，隨之自行腐化。

同化者：地面小組人員擔任，安裝神經元膠囊執行者，配戴行動置入裝置，於指定範圍內進行膠囊安裝，為掃蕩者首領，隨行掃蕩任務時可即時操控週遭掃蕩者。

Phase 1. 廠內同化任務

Phase 2. 現地同化任務
Phase 3. 無人機雲層人工增雨行動
Phase 4. 掃蕩任務
Phase 5. 掃蕩者回歸大地
Phase 6. 使徒回歸大地

土坤不斷回想好多年來的計畫，還有直到現在的現況，成績優異的他，雖然講話結巴，但是思緒可是快速而稠密，不開口時，心裡可以不斷飛快地思考：

「一切都跟Savior還有李桑說的一樣，一切都按照我們的計劃進行。」

「學長主導的『現地同化』任務因為不穩定而被暫停了，這也是為什麼這一年來我一直執行著『廠內同化』任務，我研發的程序已經同化出大量的掃蕩者了，難道還不夠嗎？小昭為什麼最近一直叫我大量培養？難道計畫有受阻而延遲？」

「氣候變遷，好久沒下雨了，但是最近人工增雨行動變少了，難道掃蕩者還要繼續掃蕩？那些雨霧，不就是為了加速他們腐化，讓他們退休，讓他們腐化成塵土啊！」

「那些外界都稱為行屍的掃蕩者，之後都會腐化，這些軀體本來就是有機質，最終會歸於塵土，難道天使也會這樣嗎？天使她不該落得如此下場啊。」

「她不一樣，她是天使，她不是有機質，她不該進行碳的循環，她應該是屬於神聖的超然啊！不！我不要！我不要！」

想到這裡士坤滿頭大汗。

「你我都是造物者的使徒，你我都是造物者的使徒，你我都是造物者的使徒……」他反覆在心中默念著，身體不停顫抖。

「有了，李桑一定會幫我的，我去向他請教，一如往常，他一定會給我解惑的，他一定會指引我的。」

14. LOST HEAVEN

夜間的綠色地球台灣總部，大多研究員皆到內建的宿舍休息了，剩下少數輪班操作的人員，包含士坤。

每次士坤心有徬徨或鬱悶，李桑就像是他最能依賴的師長，總是給予他精神上強大的撫慰與鼓勵，士坤也帶著這樣的期待急步走向李桑的專屬房間。

「李桑應該還沒睡吧。」士坤心裡想著，看看手錶，指針顯示11：33。

長廊燈光昏暗，秉持著組織對環保的理念，夜間照明大幅縮減。

到達房間門口，士坤輕輕敲了門，但是總部內發電機聲響持續，這樣的敲門聲不易被察覺。

「李……李桑……」士坤結巴喊道，一邊伸手轉動著冰冷的金屬門把，把門打開，發現沒有李桑回應，便走進房間內查看。

房間內部的浴室門半掩，有淋浴的聲響傳出，士坤驚覺自己可能打擾了李桑沐浴，正想轉身離開，但是浴室內的對話聲讓士坤冷不防地停下腳步。

「啊～李桑你今天對我好兇唷。」女子輕柔地哆聲抱怨。

士坤一聽，在水花聲中，依然可以清楚辨認，這聲音是小昭。

「小昭跟李桑怎麼會……」士坤心中納悶著。

「阿呀，你也明白，我不這樣兇一點，大家怎麼會相信我呢，難道我真的捨得把妳變『掃蕩者』？變成那些咖啡色的行屍？我才捨不得呢。」李桑聲音滿是溫柔。

「嗚！」士坤眼睛睜大，但是馬上摀住自己的嘴深怕發出聲響。

「啊，我不管，你太壞了，啊唷，你還亂來，啊……」小昭嬌喘著。

士坤往浴室裡小心翼翼地望去，從浴室鏡子的反射可以看到半遮的浴簾中，李桑跟小昭一起淋浴著，李桑的手不斷地在小昭背上搓揉著沐浴乳。

他稍稍觀察了一下自己站立的位置，看來房內燈光昏暗，與浴室的明亮形成強烈對比，而蓮蓬頭的聲響加上房間外發電機振動聲，士坤馬上壓低姿勢蹲了下來，只將一隻眼睛探近浴室門縫，自認自己不會被發現。

兩人在淋浴時姿勢的變換，讓士坤觀看到鏡子反射裡的小昭若隱若現。

長度至大腿的黑色絲襪，其上緣由細細的吊帶接連上腰間的蕾絲緞帶，精巧細緻的貼合在小昭修長白皙的腿上，因為水花噴濺而造成的透濡，讓絲襪的光澤更加豐盈閃爍，翹挺的臀沒有內褲的包覆，更顯得緊實而小巧，而上身全裸，胸前水滴狀的隆起，峰谷間沾上些許沐浴乳泡沫。

稍作轉身，小昭側身顯露出側乳渾圓的厚度，眼前景象一瞬間讓士坤下體脹大不已。

士坤從未親眼看過如此女體在他眼前展露，這樣的經驗前所未有，血脈噴張的他，臉頰一陣昏熱。

「李桑，那等方舟計畫的任務全部結束，掃蕩者全部停擺回歸大地，我們組織所有人也會依照計畫自我了斷犧牲嗎？」小昭轉身面對李桑開口問道。

李桑手摩擦著小昭大腿上濕透的絲襪，沉默不語。

「你答應我的事，你忘了嗎？」小昭推開李桑的手再度問道。

李桑把雙手放在小昭肩膀上開口說：「組織內的每一個人都會按照方舟計畫，在整個台灣都沒有任何倖存者之後，注射安樂死藥劑一起走入碳循環，而我們倆，妳放心！我怎麼會忘呢？我會啟動緊急應變程序，讓荷蘭總部的人來接走我倆，別忘了，就只有我倆。」

「一定要帶我走。」小昭將手環抱在李桑脖子溫柔地說，接著將手滑向李桑的下體，開始套弄著。

「喔……」李桑隨即了伸吟了一聲，接著道：「放心，到荷蘭我們還可以活好多年呢！那邊還有計畫可以執行……Savior會安排的……」

李桑伸手把小昭翻了過去，讓小昭完全背對著他，接著挺直了下半身插入小昭體內，頻頻使力。

「喔……啊……」小昭嬌喘，連連喊叫。

面紅耳赤的士坤看著眼前景象，衝動不已，不禁撫摸自己漲大的下體，但是隨即又別過頭去。

「怎麼會？你我都是造物者的使徒！不是所有使徒最終都要自我了斷，一起走入自然界碳的循環嗎？我們都是兇手，使徒最後也要犧牲，不是嗎？」士坤心裡想著並開始轉為憤怒，馬上安靜地走離李桑辦公室。

在昏暗長廊上士坤頻頻搖頭，心裡繼續想著：「李桑，你這個騙子，你跟小昭怎麼能夠苟活？不是說好計畫結束大家要一起犧牲，你我不都是造物者的使徒嗎？你們都是騙子！難道荷蘭總部沒有要回歸大地？那其他國家呢？」

走到實驗室前的士坤，熟練地操作觸控螢幕，實驗室的門隨即打開。

成群的咖啡色形體佇立在實驗室裡，即將成為行屍的部隊，隨著門開之後的紅色閃爍警示燈光，一閃一閃的照著，皮膚上的黑色血脈更顯可怖。

士坤顫抖著身體，嘴角微微地抽動，緩步走到前排一具女屍前開口：「天……天使，妳……還記……記得我……嗎？」

流下眼淚的士坤想起大學時期，在一次同學起鬨要再次欺負自己的當下，他眼中的這位天使，起身喝止了大家，那是他愛上天使的一刻。

而現在這位天使眼神全無，皮膚的咖啡色越來越深，已經絲毫沒有人的氣息了。

在他認為人類都是邪惡可惡的認知中，這位天使美麗的身影降落在他眼前，他也無法忘懷天使過去喜歡穿著黑色絲襪的動人倩影。

士坤聲淚俱下，將手輕輕地撫摸這位天使的臉龐，手指滑過那深黑色的血脈紋路。

「只有……只有天使……才才才應該……應該活著，所有……所有人……都……都都該死……我……也該死！」士坤哽咽地說。

他腦中閃過剛剛小昭的性感身軀，那修長的絲襪美腿，跟天使的美腿有相似的線條，突然間男性的本能又再度發作，衝動的將手一把抓住天使的胸部。

行屍的身體彈性已經不復存在，士坤這樣用力一揉，變形的乳房被壓捏後完全凹陷，像是硬稠的黏土一般被士坤的手塑形。

「啊……」手掌明顯感受到那乳房形體的變化，士坤大叫一聲，驚恐又後悔：「對……對不起，天……使！我……我……我……！」

「呀啊～～！」士坤抱頭痛哭衝出實驗室，直逼自己的值班室奔去。

衝進值班室的他已經失去控制，將桌面上所有文件與雜物通通掃到桌下，抓起一旁櫃子上的書籍恣意亂丟，接著緊握雙拳低頭坐在牆角。

「李桑，你這個騙子，還有小昭，你們都是騙子！你們都是騙子！你們不能苟活！你我都是造物者的使徒！你我都是造物者的使徒！你我都是造物者的使徒！」士坤不斷在內心默念著，並將自己的後腦勺往後牆撞去：碰！碰！碰！撞擊著銀色金屬牆面，聲聲扎實。

啪！啪！啪！肉體的彈性碰撞，李桑與小昭在浴室裡的交合，規律地進行著，完全無視偷窺者現在的潰堤。

長廊上的昏暗燈光，突然有一盞燈開始閃爍，一閃一閃的苟延殘喘，然後熄滅，沒一會兒又再度亮起，像是即將發生什麼似的。

15. Anata

「張班！停車！我剛剛好像看到直昇機的殘骸！」何中大聲喊道，馬上作勢要爬出坦克。

「直昇機的殘骸？該不會……」阿寒聽到也激動了起來，趕緊隨著何中一起爬出坦克。

何中撐著枴杖，一跛一跛前進，張班與阿寒很快就跟上了，三個人走到一處空地。

「這……這確實是陸總部的空中客車直昇機碎片……」張班從地上拾起一塊幾乎可以遮住他半身的變形金屬碎片，上面還有陸軍深綠色的烤漆。

何中不斷四處張望，阿寒也開始焦急起來，天空的晚霞特別的橘紅。

「你們看那邊！」何中手指著斜前方的建築物。

三人都注意到那是一座棒球場，何中指著棒球場棚型建築物方向，建築物明顯有撞擊的痕跡，還剝落了一大塊。

「應該是撞上那裡，我們趕快過去看！」何中繼續撐著拐杖往前移動。走進入棒球場，場內行屍也蠢蠢欲動，紛紛轉身面向著這突然闖入的外來者，嗚呼呼聲四起，風吹著雜草，迅速把哭泣聲傳到三人耳裡。

「在那裡。」張班看到了直昇機的主要殘骸，而迎面而來的行屍，讓他馬上本能式地舉起步槍。

「何中行動不便，我倆在他兩側開道，你ＯＫ嗎？」張班對著阿寒說。

「ＯＫ！我們快過去查看，或許還有生還者！」阿寒表情焦急喊道，他內心揪心地想著：「曉穎妳絕對不能出事啊！」

砰！砰！零落的步槍聲響，靠近的行屍一一被阿寒與張班擊倒，何中隨侍在後，縱使架著拐杖，另一手還是握著步槍蓄勢待發。

砰！砰！槍聲繼續，三人似乎因最近的相處，也有一些默契，一起緩緩前進。

「等一下，別開槍。」張班突然大聲制止，接著說：「我認得他，他是我們營區的士兵。」用槍指著前方走來一隻穿著迷彩的行屍。

「這些行屍？難道……」何中馬上想起阿寒跟他描述過有人在人腦後安裝膠囊的過程，背脊一陣發麻，馬上加快步伐跟上張班，看到了熟悉的軍中同胞，內心更加激動。

何中單手用槍托向行屍頭部撞去，咖啡色的軀體隨即倒地，張班見勢趕緊前去協助，阿寒也繼續保護在側。

張班壓制住行屍手臂，何中用拐杖壓住行屍頭部，趕緊檢查行屍後腦，確實有阿寒描述的鑽洞傷口與止血釘針。

「天啊！該不會……」何中不敢去思考，接下來要面對的行屍會不會再出現自己認識的同袍，他更怕看到依依的身影。

看到眼前景象，三人心照不宣地，不再開槍，皆舉起槍托開始在眾行屍中瘋狂尋找，努力辨識每一張臉，張班趕緊扶著何中，一起前進。

行屍不斷逼近三人，雖然用槍托攻擊但是仍然遏止有限。

嗚呼呼……聲音環繞，他們即將被行屍包圍……

一隻行屍抓住張班的手，張班慌亂地喊：「糟了！」

何中看到這情況馬上舉起拐杖幫忙張班，拉扯之中何中跌坐在地，眼看張班即將被行屍咬食，何中終於開了槍：砰！砰！砰！

「不管了，快點射擊！」見到同袍危險，何中恢復理智，此時還是活命要緊。

砰！砰！砰！砰！砰！砰！砰！砰！

一連串的射擊，棒球場內的行屍皆倒地不起，三人背靠背大口喘著氣：「呼！呼！呼！呼！」

「呀～～～！」何中坐在地上仰頭長嘯，內心痛苦不已。

阿寒雖然內心焦急，但是射擊之中也觀察到行屍中並無熟悉面孔，內心鬆了一口氣：「曉穎……妳一定要活著，等我找到妳……」

「似乎只有一個穿迷彩的，奇怪？」張班心裡納悶。

何中吶喊完隨即深深吸了一口氣，棒球場上只剩下風吹拂著雜草的聲響。

三人似乎都感到一陣疲憊，在原地停滯著，也喘息著。

突然間，直昇機殘骸處有著窸窸窣窣的聲響發出，三人皆往聲音傳來的方向望去，似乎有形體在那移動，但是被殘骸與雜草遮蔽，看不清楚。

何中在地上舉起步槍瞄準，那聲音越來越劇烈，猜測有行屍即將向他們靠近。

阿寒與張班見狀也舉起步槍瞄準。

雜草被迎面走來的形體撥開，是行屍，一隻白色衣著的行屍。

她緩緩走來，比一般行屍的行動還要緩慢，咖啡色的脖子上有著明顯的銀色墜鍊，是一個十字架。

何中瞬間癱軟雙手，把槍放下，馬上啜泣起來。

「依依……我來晚了！依依……我來晚了……」何中哽咽地說，接著拿起拐杖把自己撐起。

阿寒與張班在側目睹這一幕，不知如何安慰何中，只好沉默不語。

何中一跛一跛地向穿著白色護士服的行屍走去，淚流滿面，看著依依整個皮膚深沉的咖啡色，表皮已經有腐爛的跡象，而那熟悉的眼光已經無神一般渙散。

「認識妳這麼久……我一直都沒有……沒有跟妳說過……」

「何中，別再靠近了，危險！」阿寒在後方喊道，開始為他焦急。

「我……我一直……都喜歡著妳呀！」何中眼眶被淚水模糊了焦距，一剎那間，他還以為依依像往常一樣，正對著自己笑。

「何中！」阿寒喊道，急奔向前去。

「嗚呼呼……」依依張開大口，肉軀遵循著行屍的本能反應——啃食。

「小心！」阿寒奮力一推，把何中推到一旁，少了條腿的何中馬上跌倒。

依依轉向阿寒，繼續她的啃咬動作。

「對不起了！何中！」張班長簡短說完，手指扣下扳機。

砰！清脆的一聲，依依頭上濺出黑色的血。

何中看著依依纖細的身軀這樣緩緩倒下，突然間他覺得時間變得好緩慢，周遭像是完全無聲一般的真空狀態，腦袋一陣暈眩。

依依倒下後側躺的姿態，目光正好面向著何中，像是對心愛人最後的一瞥。

「依依～！」何中大叫著，匍匐前進靠向依依，緊緊把依依擁入懷裡，這是何中過去朝思暮想都一直不敢觸及的界線，如今終於跨越，卻是只能擁抱著咖啡色的空殼。

「啊～～～～！」何中崩潰不已，緊緊靠著自己心愛的人，埋頭痛哭。

黃昏的天空似乎又更暗了一些。

「我們給他點時間吧！」張班對著阿寒說道。

阿寒一直心心念念自己的妻子，此刻的發生對他來說非常衝擊，也能感同身受，心裡想著：「如果是曉穎，我能承受得住嗎……」

思考了一下，阿寒大叫起來：「啊，張班，小白狗呢？」

「我沒看到啊，還在坦克內？」

阿寒著急地奔出棒球場外，衝向坦克，內心莫名地擔憂：「我們不能再失去任何夥伴了。」

阿寒連忙打開艙蓋，趕緊往坦克內探視，小白狗捲曲著身體安安穩穩地睡著，還發著微微的打呼聲。

「呼～！」阿寒鬆了一口氣，耐人尋味地盯著小白狗看。

「這個世界實在太黑暗了！可能有你在，世界還有一點純白美好吧。」

16. Neo Universe

二〇〇九年四月十七日，迷霧起源。

綠色地球台灣總部，方舟計畫起始會議中。

一貫的黑色牛津襯衫，李桑站在台上進行簡報，表情嚴肅，站姿英挺，簡報過程中揮舞手指的模樣，身影就像是一個指揮家。

台下每個人都正襟危坐一般注視著講台。

電視牆上的簡報終於跳到了最後一頁，顯示著一顆地球的圖樣，綠色地球組織的標誌。

李桑停頓了一下子，隨即開口：「你我都是造物者的使徒！」

「你我都是造物者的使徒！」台下眾人異口同聲呼應。

「最後，大家別忘記今天，這歷史上重要的時刻，在座的每一位都是由我代表總領袖Savior親自挑選的，只有造物者的使徒才能進入這個得天獨厚的堡壘，進入這神聖的殿堂！」李桑說著，眼神堅定。

「你們的專才，都是為了Savior的最終信念，為了我們唯一的地球，往後幾年大家一起為我們的最終目標努力，我們綠色地球，至死方休！」

李桑目光掃視台下的每一位。

「會議到這裡，我們開始行動！小昭，這邊開始由你指揮！」

「是！」小昭緊盯著李桑，眼神曖昧，接著把眼神別開，開始看著手邊的電腦螢幕。各研究員分別開始進行手邊工作，許多人紛紛起身離開控制室。

士坤默默走近台前唯唯諾諾想要表達什麼似的。

「士坤，怎麼了？」李桑從嚴肅突然轉為溫和地說。

「李桑……我……我……我好……激激動……我等……我等這……這一天……很久了。」士坤說。

「士坤，多虧你，這一切才會發生啊。」李桑拍拍士坤的肩膀，眼神滿是惜才的模樣。

「我……我……我想知道……荷蘭總總部……Sa……Savior為什麼……有……有這麼……這麼好的……計……計畫……」

「我跟Savior已經認識二十多年了，這都是因為一個契機……來，到我房間吧！」李桑勾著士坤肩膀。

一如往常，李桑對士坤非常禮遇，每每士坤有任何疑難雜症，他總是扮演著精神導師的角色，這完全是因為士坤發展的神經元控制系統，是方舟計畫的一把重要鑰匙。

在李桑房間內的沙發椅上，李桑倒了兩杯威士忌。

「來，敬Savior！」

「我……我不……不喝……酒……」

「來，沒關係，今天值得慶祝！反正我們之後也都會消失，都是碳的循環呀，乾了吧，敬Savior！」

「敬……敬Sa……Savior……」

李桑一口氣把酒飲盡，士坤喝了一口後頻頻咳嗽。

「哈哈哈，你這小子！」

「啊……李……李桑……」

多年的共事，李桑非常了解士坤，知道他的情緒向來需要安撫，為了成就大業，他也相當忍讓。

「我知道你要問什麼！跟你說個故事吧！」

李桑便娓娓道來：「你知道多年前聯合國的禁止自動化武器法案嗎？」

士坤搖搖頭。

「那個法案是那個有名的物理學家霍金搞出來的，他多年前聯合一群領袖、企業家、科學家，一起呼籲聯合國發布這項禁止法案，完全就是為了避免ＡＩ人工智慧的潛在威脅。」

「Ａ……ＡＩ？」士坤無法聯想人工智慧怎麼會與方舟計畫的起源有關。

「你想想，哪天機器人比我們還聰明，把人類全部消滅了怎麼辦？」

士坤頻頻點頭，眼睛睜得很大。

「當時有些人同意簽署，有些人不以為然，Savior也是被邀請簽署的其中一位……」

「他……他……支……持嗎？」

「他不支持也不反對，他倒是因為這件事有了新的想法。」

「該……該不……會……」士坤似乎猜到了。

「沒錯，這給Savior一個很棒的想法啊！他領導綠色地球這麼多年，努力了多久，那些該死的企業還是繼續去北極挖油，那些政府還是繼續袖手旁觀，還有人類……就是我們人類，每天喊環保，天氣一熱……冷氣還不是照開。」

李桑說道突然一陣怒氣，隨即又平復情緒繼續說道：「Savior就想到，如果機器人太聰明有可能會消滅人類，那我們可不可以乾脆控制人類，讓人類自己消滅完人類，而人類又自己去死呢？唯有全面肅清，地球才有希望啊！這是節能減碳的最佳辦法。」

李桑笑了起來，拍拍士坤的肩膀：「哈哈，你明白了吧，就演變到現在這局面了！期待之後的掃蕩吧！」

李桑再度倒酒，兩個玻璃杯陸續斟滿。

「目前現地同化研究一直還不穩定，我想你的廠內同化，應該會是我們成功的最大關鍵。」

李桑說完又再度一飲而盡，接著將手搭上士坤的肩膀說著：「別忘了──我們都是造物者的使徒！」

「我……我們……都是……是……造物者……的……使……使……使徒！」士坤笑著點點頭說完，隨即也舉起酒杯，閉上眼睛，努力地把酒喝完。

這次他不再咳嗽了。

17. AS ONE

太陽高掛天空，溫熱輻射照亮著台北，但是綠色地球總部身處山洞內與世隔絕，絲毫感受不到日夜交替變換。

「你知道李桑去哪裡嗎？」小昭在總部內逢人就問，不斷地在長廊上快步走著。

「什麼？他今天沒到餐廳用餐？好，我知道了。」

小昭內心的納悶，層層加劇：「奇怪，也沒在房間裡……剛剛進度會議竟然沒來參加……怎麼回事……他從來不曾這樣……難道……他自己先逃走了？」

女性的第六感讓她深深覺得一定出了什麼事，前一夜的纏綿後，她就離開，並無其他異狀，但是又深怕自己隨著方舟計劃一同消逝，擔憂的心情浮上心頭，讓她有一股被背叛的感覺。

小昭直覺，李桑向來花很多時間在士坤身上，找他問問或許有消息。

高跟鞋步伐在地面敲出密集的清脆聲響，透露了她的著急與不安。

長廊上迎面看到的是在實驗室門口的高大研究員，小昭對自己女性魅力十分自信，而且對方又是士坤的學長，她很肯定可以取得些情報。

「什麼風把你吹來了，找士坤是吧。」男子說道。

「沒錯，我有要事要找士坤，他在哪裡？」小昭保持鎮定，絲毫看不出她的焦慮。

「你們每個人都要找士坤，好像沒他不行一樣，那個死阿宅，真的那麼重要？」男子說來，帶著滿滿的妒意。

「怎麼？廠內同化……比你的現地同化成功，你吃醋啦。」小昭邊說身體不斷靠近男子。

男子突然驚訝的面容是小昭完全預期的，小昭刻意讓對方發現到自己身上的香水味，勾起他對女性的渴望。

男子禮貌地稍稍往後挪移了一小步。

「我……我只是運氣不好。」男子反駁，眼神游移不定。

「別擔心……就男性魅力，你……絕對……贏他很多……」小昭的聲音輕柔，像是遞上甜點般誘人，又往前靠近一步。

小昭發現男子眼神游移，像是深怕人看到似的，頻頻往長廊遠處看望，而小昭也輕易發現男子餘光似乎盯著自己旗袍套裝緊致的線條，加上自己香水味的輕柔，她內心竊笑地看著男子臉上的淡淡暈紅。

「士坤他，他剛才跟我接班，我想他是回宿舍休息了……他表情很不對勁，可能人不舒服吧。」

「現在情況怎麼樣了？」小昭身為計劃組長，不免關心掃蕩者培養進度。

「說來奇怪，你看螢幕，昨夜我離開前培養程序才顯示50％，照理說應該要完成了，但是現在卻才80％」男子操作觸控螢幕，許多視窗開始彈現。

「我看看。」小昭作勢要男子移開，想自行操作螢幕。

熟知計畫一切細節的小昭，強勢的執行力，也是讓她短期內爬升組長的一大原因。

「你看這個數據，看樣子就像是有些掃蕩者才剛培養不久一樣……」

「士坤跟你交接時，有交代些什麼嗎？」小昭緊盯螢幕。

雖然說現階段找到士坤與李桑才是當務之急，但是要是一切都是她自己胡思亂想，現在眼前問題要是不解決，下一場會議一定會再度當眾被罵，即便是演戲也罷。

「他……我看他不舒服就讓他先離開了，我以為是程式有問題，我有再做一次比對運算——」

「把實驗室門打開！」

「小昭，這會中斷培養——」

「我叫你把實驗室門打開！」

小昭的溫柔全無，態度強硬，男子也知道情況不對，乖乖照做。

兩人一走進實驗室，行屍的菸味瀰漫在空氣中，在眾多深咖啡色的面容中，馬上看到有一具掃蕩者顏色偏白，對比強烈，身形看來像是一個男人。
小昭快步繞進去查看，男子也緊張地尾隨。
「啊～～～！」小昭放聲尖叫。
男子也睜大著眼，不可置信。
面容死寂，皮膚淡淡的茶色，那位男子身穿著黑色牛津襯衫，領口上還有金亮的地球徽章，是李桑，台灣總部的領導者，站立在掃蕩者群中，即將成為其中一分子。

※※※

噠！——噠！——噠！——總部內緊急聲響大起。
保全部隊持槍開始地毯式搜索，幾位研究員也一起參與，所有人的目標就是要找到士坤。
小昭靠坐在總部控制室的座位上，滿臉茫然，像沒有根的植物，連姿態都很頹軟。
「一切都完了，我根本不想死啊……」
嘟嘟嘟……座位上的電話機響起。
小昭微微抬頭，眼神渙散，稍稍勉強往話機望去，表情一副反感。
「喂……找到士坤了嗎？」按下通話擴音按鈕，小昭盡可能地打起元氣，偽裝自己還關心這一切。

「小昭，我們還沒找到，但是我們發現了……炸彈。」話機另一頭說著。

「炸彈？在哪裡？」

「這……這該怎麼說呢，到處都是……」

「什麼到處都是，你給我說清楚！」

「每個處室，幾乎天花板梁柱上都有……是……是遙控炸彈。」

「你們在哪裡？我馬上過去。」

「在西側餐廳……」

小昭還未聽完就立刻轉身奔出控制室，求生意志堅定的她，說什麼也要找出生路。

在長廊上，高跟鞋聲響清脆，與總部內迴盪的警報聲響交織著，禁不起快跑，高跟鞋右腳的鞋跟斷裂，小昭跌趴在地上。

積壓的情緒暴漲，小昭忍不住哭了出來。

「為什麼？為什麼這樣子對我……」

潰堤的情緒很快被長廊末端的一扇門給遏止住，小昭發現那扇機房室的門似乎沒有關牢，微微地開啟，似乎有些許光線投射出來。

脫下高跟鞋，小昭輕聲地走向機房室，臉上的淚痕將眼線給糊花了，現在的她除了害怕絕望之外，還有憤怒，身體顫抖著，緩步前進。

「他到底在搞什麼？是他殺了李桑……是他毀了我的希望……」小昭內心思考著。

四處探視，小昭從長廊牆角拿起了滅火器當護身工具。

拉開門的聲音完全被警報聲響掩沒，小昭走進去，諾大的伺服器層層排列，像是隔間一般地把機房室拆成好幾條道路。

小昭不敢輕舉妄動，逐排緩慢地向前搜索，隨即看到了士坤的背影，坐在一邊操縱著筆記型電腦。

慢慢靠近，在警報聲響間隙中，她聽到了士坤似乎在唸著什麼。

「你……你我……都……」

「……都是……」

「都是……造物……造物者的……的……使徒……」

小昭見機不可失，舉起滅火器要往士坤頭上砸去，但是很快地發現了自己舉起滅火器的身影就映照在士坤眼前的鏡面螢幕上。

士坤撇頭閃開，碰一聲，滅火器砸在電腦上，整個桌面一團混亂。

「妳……妳……妳跟李桑……都……」士坤目光凶狠，手緊抓著小昭的手，用盡全力。

「啊……放開我！啊～！」小昭試圖迴避，但是力氣遠遠不及士坤。

士坤伸手大力地摑了小昭結結實實的一巴掌，小昭跌坐在地，頭髮凌亂。

小昭激動地望著士坤，問道：「是你殺了李桑？他對你那麼好……為什麼……」

「李……李桑……哈……哈哈哈……」

「炸彈……也是你吧？你要摧毀我們辛苦努力的一切？你忘了我們的使命嗎？」

「我……我……我只是……要……要要完成……我們……我們的……使使命啊……哈哈……哈哈哈……」

小昭看著士坤從褲子口袋裡拿出了一支手機，在螢幕上滑動了一下。

轟！遠處傳來聲響，整個機房室裡的伺服器都開始晃動。

碰！轟隆！四面八方皆傳來聲響，天花板開始掉落粉塵。

小昭一臉驚恐，探視這個情況，深知炸彈已經引爆。

「我……我不想死啊！士坤！我不想死啊！」小昭連忙站起喊著，抓著士坤的手臂，作垂死的掙扎。

「你……你我……你我都是……哈哈……哈……哈哈哈……」

小昭只見士坤不斷地笑著，整個脊髓一陣發麻。

轟——！

外雙溪故宮山洞，經過一連串的爆破聲響，煙霧四起，這個祕密的綠色地球組織台灣總部，都隨之埋葬在山裡，變得更加隱密了。

18. Butterfly's Sleep

「是多久沒下雨了呢？」阿寒問。

在坦克車內，三人搖搖晃晃地，這一段路十分顛簸，坦克難得終於開出第一炮，是為了把前方阻礙的巴士先行破壞，坦克才得以壓輾前進。

「我想大概有一兩月了吧。」張班無奈地回答，駕駛姿態的身體持續隨坦克起伏。

這一路上，前行不易，台北近郊一直到台北市區，出乎意料的面臨許多困難，陸上大量的機車，竟然是坦克車履帶最難以咀嚼的路障。

「反聖嬰現象對行屍有什麼困擾嗎？」阿寒擺盪著身體。

「有啊！哭夭聲好像比較大聲？」

這幾天，阿寒與張班有一搭沒一搭地聊著。

何中自從看到依依離去之後，一直鮮少說話，但是多了一份柔情，小白狗由他照顧，可能是抱著狗，那體溫是一種慰藉，何中時而睡著時而醒著，依舊沉默，小白狗也是半夢半醒，一如往常。

而那條十字架項鍊，何中一直緊緊握在手裡，手裡都壓出了印子。

阿寒學會了使用潛遠鏡系統，幫忙偵查，無線電系統也操作得宜。

嗞……嗞……嗞……「有人聽到嗎？聽到請回答……」嗞……阿寒也不時使用無線電，不斷更換頻率，希望可以收到一些訊息。

「唉！我真的不想再吃餅乾了……我們已經吃三天了。」張班說。

「我們最近也只有找到餅乾啊，或許……待會無線電聯絡到的倖存者，有火鍋可以吃呢！」阿寒隨意應付著。

「你不覺得這幾天，陸上行屍都不太走動啊？幾乎像……像是植物一樣站著，還是說我無聊昏了頭，以為他們都是植物。」

「可能……沒人在控制他們了吧？或許對他們來說……他們真的自由了吧，比我們……還自由……」

阿寒心裡開始有了一個聲音：「這幾天張班的話很多，抱怨連連，似乎沒什麼動力，何中更是別提了，畢竟現在最有動機前進的人，剩下自己……或許再這樣下去，他們可能會放棄找尋，如果這樣……我可能要想想下一步的計畫了……唉，曉穎……妳到底在哪裡……」

天空開始下起了雨，叮叮咚咚地敲著坦克外殼，在裡面的人感受格外清楚，隨著雨勢越來越大，無線電的雜音都被蓋過，小白狗難得吠叫了幾句。

「終於下雨了啊，視線不太好，我們要不要慢下來？」張班顯得很不耐煩，但是還是繼續駕著，保持原速，「我想，這油應該夠我們繞完市區吧。」

「要是市區都被我們走過一遍，還是沒有，你想……他們還可能去哪裡？」阿寒試探性地問著，也想知道張班的態度。

「我想……市區都沒有的話，我們接著到松山，然後淡水吧，那邊都有軍營，我想現在似乎最好生存的地方……不是監獄就是軍營吧，不是嗎？不過……」

阿寒心想：「要分道揚鑣了嗎？」，自以為對方終於要表態了。

「不過……要去淡水，我們一定要先加油，否則撐不到那裡。」

阿寒內心鬆了一口氣。

「你有想過，要是這一切都沒有發生，現在的你最想要做什麼呢？」阿寒突然問起，似乎有感而發。

「我啊，我好想游泳啊，我好像很久很久沒有游泳了，我記得有一次出去找物資，我有找到游泳池，天啊！好多行屍泡在水裡……水都變成咖啡色了，看到我都快吐了！而且……還有行屍穿比基尼呢！」

「啊！聽起來滿恐怖的！」

「那你呢？說來聽聽吧，陪老婆嗎？」

「……」阿寒沉默了一下。

「對不起啊，我哪壺不開提哪壺。」

「可以的話，我……我還滿想拉小提琴的，因為我右耳聽不太到，小提琴它……算了，別提了。」

「小提琴怎樣？」

阿寒突然想起，每當他提到小提琴是夾在脖子左邊，離左耳較近，這樣右耳就不需要使用了，曉穎總是逗趣地罵他：「你講過一百遍了！」

「真不知道她還平安嗎？」

阿寒發現自己，越來越憂鬱，靈魂彷彿隨思念逐漸被抽離。

嗞……嗞……嗞……嗞……無線電信號似乎受下雨影響，信號更為微弱。

「嘿！你說小提琴怎樣啦？」

阿寒在潛望鏡中看到遠方景象，趕緊大喊：「這……等一下！停車！張班你來看看。」

張班立刻停下坦克，離開位置，擠過阿寒，往潛望鏡猛看。

「何中！何中！何中！有狀況！」

阿寒看著何中摸著自己截肢的大腿，那表情似乎很疼痛，絲毫不理會張班，而小白狗一副發呆的模樣趴著。

阿寒不管外面下著大雨，把坦克艙門大開，兀自爬了出去，往眼前景象走去，張班看何中不為所動，隨後也爬出去跟上了阿寒，兩人在大雨中，衣服盡濕。

成千上萬的行屍印入眼簾，眼前不遠處就是中正紀念堂，那自由廣場上，屍滿為患，數量之大，密集的畫面讓兩人驚嘆。

「從沒看過這麼多……」阿寒震驚不已，走到一半停下腳步。

「哇塞！這……」張班走到阿寒身旁，眼神一直注視著前方，嘴巴張得很大。

大批的行屍全部佇立在原地，動也不動，每個面容都朝著不同的方向。

「他們……他們好像都不會動……坦克車的聲音……完全沒有引他們過來？」阿寒觀察到有不對勁。

兩人身上都沒有帶著步槍，但是一點也不畏懼的開始往前慢慢走去，隨著雨水滑落臉龐，內心充斥著好奇，只想一探究竟。

「張班，你看，他們的臉，像是腐爛一樣……」

「真的變植物了嗎？」

隨著步伐靠近，兩人聞道一陣腐爛的味道，紛紛掩鼻。

本來以為聽不見行屍嗚呼呼的哭泣聲是因為大雨，但是走近之後，阿寒發現，這些行屍一點聲音也沒有。

阿寒隨意撿起地上的一支破損雨傘，往其中一隻行屍身上刺過去，雨傘尖端觸碰到衣服後，陷了進去，像是插進黏土裡一般，但是又隨即又被頂住，無法前進。
阿寒用力再往前刺動，行屍像是釘牢在地上一般，沉重且穩固。
阿寒不可置信地不斷靠近，伸出手指想觸摸行屍的臉。
「喂！等一下——」張班喊道。
不理會張班的制止，阿寒像是在觀察珍奇異獸般的好奇姿態，仔細盯著行屍，手指摸向那腐爛的咖啡色臉頰，手指隨即陷入，臉上的腐肉像是泥巴一般地沾上手指。
行屍兩眼無神，闔不上眼，眼球裡佈滿了黑色的血絲紋路，隨著雨水沖刷，皮膚上的腐爛程度，似乎不斷加速。
「我覺得……這觸感……好像……好像泥土。」
阿寒看著眼前的腐化屍體，一直順勢向下望，看到了腳底，其中一隻沒有穿鞋的腳，已經泥爛，已無法清楚辨識腳趾了，像是一大團泥塊，而行屍就像是樹一般被種在地上，屹立不搖，表面又像是咖啡色冰淇淋，緩慢地融化。
「我想……你說對了，真的……很像植物，爛掉的植物。」阿寒眼睛瞪得很大，望向張班。
阿寒看到張班身後的人影，原來何中也出來探視了。
沉默已久的何中難得說了話：「不！他們不是植物……他們是自由了！」
阿寒看到張班也回頭看，像是要說些什麼，但是又沒說出口。
「他們是自由了！」何中再度重申。

阿寒心想：「何中或許已經走出來了！」

望向遠方，明顯的正門牌匾上四個大字「自由廣場」。

阿寒微微笑了，內心覺得一絲諷刺，又覺得貼切。

「對！他們自由了！」

自由廣場上自由的行屍們，哭泣聲不再復有，三人站立在大雨之中，不斷給雨水沖刷著，也像是在享受著久旱後的甘霖。

臉上雨水不斷地滑落，像是淚，像是汗，也像是雨水，沒人能分辨得清。

轆轆聲響從遠方靠近，聲音逐漸變大，還依稀夾雜著嘻笑的叫聲，馬上吸引三人的目光。

一台大型推土機從廣場另一側駛入，大量的行屍像是廢土一般，被狠狠推倒，全堆積在推土機前的推土鏟中，推疊翻滾，有些肢體斷裂，成堆的屍體怵目驚心。

「快逃！有可能是流氓幫！」張班喊道，揮手要大家往坦克方向跑。

手無寸鐵的三人奮力往坦克方向奔去，何中駕著拐杖，也奮力走著。

砰砰砰！砰砰砰！槍聲大響，子彈往三人方向飛來，但許多子彈都落在行屍身上。

槍聲方向傳來笑聲：「哈哈哈，發現獵物！」

「快快快！快回坦克！」張班奮力喊著。

阿寒與張班很快地就追上持拐杖的何中，兩人趕緊扶持著何中逃跑。

阿寒在奔走之中回頭望，發現推土機上有兩人跳下車，持著步槍往他們方向射擊，其中一人頭上戴著某個物品，下巴頂著一條線。

「面具？……復仇者聯盟？」阿寒想起了流氓幫，讓他心頭一震，扶持何中的力氣更加賣力。

「是流氓幫！」阿寒大喊。

砰砰砰！槍枝接連發射。

「啊——！」張班叫出聲，腿被射中，跌趴了下來。

阿寒與何中見狀趕緊回頭朝向張班，想抓住他。

「啊！可惡！」何中痛苦地喊著。

一瞬間，阿寒看著眼前的景象，像是空氣凝結一般，他看著張班痛苦的表情，心有同感，內心竟然有種解脫的感受。

「我們……應該也自由了。……曉穎……對不起……」

咻——！轟——！劇烈的聲響一震。

眼前一陣爆破煙霧，阿寒頓時之間感受到一陣氣流往自己身上吹拂，強大的聲響過後，聽覺已經消失，在迷濛目光中，才驚覺自己身軀正往後飛動。

試著要睜開眼看，什麼都看不到，阿寒已經倒下昏去。

19. Shine

天空瀰漫著霧狀的雨水，那幾乎要霧滿成滴的雨水，隨著徐徐飄風亂竄在空氣之中。搖曳的雜草被迷霧包圍著，像是在層層絲緞裡擺盪著觸手，且舞且蹈，時倒時垂。

「這……這好像地震那一天的迷霧……」阿寒心裡憶起。

迷霧中的阿寒，覺得空氣很冷，又覺得自己的胸口灼熱不已，感覺氧氣不足，他大口喘息著。

他伸著手摸向虛無，胡亂地探索，盲目地前進，只有左耳努力地聽，除了風聲與雜草搖曳的摩擦聲響，彷彿有一絲絲的聲音在引誘著他。

「這裡是……？這裏好像是那座棒球場……我怎麼會在這裡……」

阿寒依稀聽到了鋼琴的聲音，那是他熟悉的聲音，曉穎總是會彈著鋼琴給阿寒聽，偶爾阿寒也會用小提琴一起合著，那是他們回憶中，甜蜜的記憶之一。

試著循著琴聲過去，阿寒確定了這裡是那個有著直昇機殘骸的棒球場內。

「張班？何中？」阿寒在迷霧中喊著，一陣寂寞感襲來，他知道自己其實只有自己一個人。

看著周遭的環境，阿寒試圖找尋那微微的鋼琴聲，發現那聲音似乎就是從直昇機殘骸中傳來的。

沒有行屍，沒有同伴，沒有任何人，阿寒在迷霧中，像鬼一般地前進。

「有人嗎？是誰在那裡？」阿寒向遠方喊去，他直覺那琴聲絕對是人為的。

繼續前進，在朦朧中，好像有個白色身影坐在一架平台式鋼琴前，輕撫著琴鍵。

「這音樂好熟……這是……」阿寒用僅有的左耳聽覺努力地辨識，實在想不起那首曲子。

「這是……這是……月光，對，我聽出來了，就是月光！」

阿寒想到這首「月光」，是曉穎對他演奏過的貝多芬第十四號鋼琴奏鳴曲第一樂章。

也想到曉穎曾對他說明過：「這首月光的意境充滿著朦朧的氣氛，就像是瑞士琉森湖夜晚的月色，也被人評為『不朽的愛人』。」

「怎麼會？是……是曉穎嗎？」

隨著距離越來越靠近，鋼琴聲響越漸清晰。

他看著那白衣女子的身影，跟曉穎的身影實在太相似，他好思念好思念，內心的牽掛溢滿，阿寒紅了眼眶。

「是妳嗎？曉穎？你怎麼會在這裡？」

阿寒期待看到妻子，但是又不敢去相信，他彷彿知道前面出現的身影是他不願意面對的事實，他看到了白衣女子的手，那皮膚是咖啡色的。

突然間阿寒意識到鋼琴聲不見了，難道這都是自己腦裡的幻想？

「我……我終於找到妳了嗎？」

不安的他，打起勇氣往女子面容望去。

「曉穎，你聽得見我嗎？」

阿寒發現眼前的女子確實是他日夜盼望看到的曉穎，而這個曉穎的皮膚泛著咖啡色的光暈，似乎沒有任何的反應。

他整個心掉到了谷底，一陣暈眩感，胸口灼燒的感覺加劇，他激動的快要缺氧一般，瘋狂地喘息著。

「不……不……妳不在了，我也不想活了……」

「嗚呼呼……嗚呼呼……」

阿寒看著曉穎的面容已經如行屍般的無神，熟悉的臉孔已經佈滿著黑色的血絲紋路，他竟然發現曉穎正流著淚。

「嗚呼呼……嗚呼呼……」

「啊～～～！」阿寒哽咽地撲向前去，緊緊抱住曉穎，他可以清楚感覺到曉穎的身軀已經發軟，像是泥土一般鬆軟。

「別哭了……我在這……別哭了……有我在，什麼都不怕了……」

他想看清楚妻子最後的面容，竟發現曉穎落下的淚是咖啡色的。

一滴一滴地落在他的手背上，他竟感覺到那些淚是有溫度的，就像溫熱的咖啡。

阿寒手背有著濕濕黏黏的感受，那水在皮膚毛細孔上，緩緩滑動，一陣不適的癢感。

「是夢嗎？為什麼鋼琴聲消失了？曉穎……曉穎呢……」

「啊……！」阿寒突然大吸一口氣。

迷霧突然散去……

「咦！是你……」

阿寒赫然醒來，才發現這是一場夢，看到小白狗正舔著自己的左手，手背上滿滿的口水。

「呼……呼……」心跳劇烈，阿寒大口呼吸著。

左右探視，發現自己躺在一張床上，而小白狗正在床下，撐著身體硬是把頭靠向阿寒垂在床沿外的手，不斷地伸舔。

阿寒也注意到，床邊地上還擺著自己的背包。

「你醒啦。」床腳邊一個女人的聲音傳來。

一陣暈眩，阿寒努力撐起身體坐起來，感到全身痠痛，尤其是胸膛更是灼熱，也發現有一條細管插在自己右手腕上，微微刺痛。

「你不用擔心，你現在很安全，只是皮肉傷。」女人走近阿寒。

女人臉上戴著黑色粗框眼鏡，手拿著一袋點滴，隨即把阿寒身後的點滴換上。

「這裡是……？」

女人手推著鼻樑上的眼鏡低頭探視，接著說：「你好，我是薛醫生，這裡是陽明山空軍基地，你是我們部隊在中正紀念堂那裡救回來的，你已經睡了一天──」

「另外……另外兩個人呢？」阿寒焦急地問。

「你放心，你的兩位同伴都很好，他們都在其他病房裡，沒有大礙。」

「請問……發生了什麼事？」

「我們出動軍隊要打壓流氓幫，剛好遇上了你們。」

阿寒一臉恍惚，還試著要吸收這些資訊。

薛醫師拿起床邊櫃子的一個資料夾，在上面用筆寫了些文字，接著說：「我們這個空軍基地有將近一百多人，物資、武器都很足夠，我想這裡應該是台灣最多倖存者的地方……你們很幸運呢……」

「對了，你會頭暈是正常的，畢竟在你眼前爆炸的，可是反坦克火箭筒擊發的飛彈……你胸膛的碎片我已經取出來了……」

「請問，你知道……行屍發生了什麼事嗎？」阿寒內心充滿了太多的疑問。

這時，房門打開，阿寒看到走進來的女孩，不敢相信自己的眼睛。

「曉穎？妳怎麼會在這裡？……妳……」

「喔！忘了跟你說……我想你們需要點時間獨處，我先離開了。」薛醫師放下資料夾後就離去。

小白狗看到曉穎，蹦蹦跳跳地撲過去，曉穎抱起小白狗走近阿寒。

「我以為……我以為我再也看不到你了……」曉穎話一出口，眼淚也隨即氾濫。

「妳……妳……妳怎麼會在這裡？」阿寒激動不已，也紅了眼眶。

「我也是被他們救回來的，從直昇機……我一個人……那邊……」曉穎泣不成聲，話都說不清楚了。

兩人四目相對，相逢之情溢於言表，曉穎放下小白狗作勢要擁抱阿寒。

「等……等一下。」阿寒突然想起床腳邊的背包。

曉穎納悶地看著阿寒。

「我……我有找到牛奶了，久……久等了。」

阿寒看著曉穎，揚起燦爛的笑容。

曉穎破涕為笑，緊緊擁著阿寒。

※※※

陽光溫暖著整個陽明山空軍基地，無論外面世界如何腐化與改變，這個山頭似乎還充滿著希望。

在基地圍牆邊的一角，遍地的玫瑰。

曉穎牽著阿寒，身旁還有何中與張班兩人，小白狗在周圍奔跑跳躍，追逐著蝴蝶。

「好啦，謝謝妳的花園導覽，我們傷殘人士該去換藥了，哈哈。」張班坐在輪椅上說道，後方推著他的是何中。

何中斷腿處裝著義肢，把輪椅當作拐杖支撐著自己。

緩緩推離開幾步路，不一會兒又停下來，回頭看著阿寒。

「那個……小提琴……希望有機會可以聽你拉小提琴。」何中認真地注視著阿寒。

阿寒點點頭，接著說：「沒問題，如果找得到小提琴的話……你知道嗎，我右耳聽不到，但是小提琴夾在脖子左邊，離左耳較近，這樣右耳就不需要使用了，哈哈！」

曉穎對著阿寒使了一個白眼。

「所以啊，你跟我們一樣……都是傷殘人士啊。」張班笑道。

四人都笑了出來。

「是啊……我們……我們活下來的人……都是傷殘人士。」阿寒手摸著心臟的位置，表情耐人尋味。

何中微微地點頭，手揮了揮，推著張班緩步離開。

「小白狗該取什麼名字呢？」阿寒蹲下身子，手拍了兩下，作勢要小白狗過來。

小白狗頭左搖右擺地，跳躍著奔向阿寒。

「餅乾……Cookie……就叫Cookie好不好？」曉穎逗趣地笑著。

「為什麼啊？」阿寒不斷撫摸小白狗的頭。

「你不是說，你們一路上，都是吃餅乾嗎？就叫Cookie吧！」

「好啊！就叫Cookie。」

阿寒抓住Cookie兩隻前腳，將牠舉了起來，並伸長手臂將Cookie推向天空，幸福滿足地對著Cookie笑。

「你！就叫Cookie吧～！」

陽光灑在Cookie潔白的毛上，閃閃發光。

（全文完）

【後記】

我以為自己在小說創作的耕耘上，是靠例行性的澆水灌溉，但是這本書的創作歷程卻是暴雨式地下得措手不及，顛覆我自己的想像，這樣的冒險過程太過特別與珍貴，我必須記錄下來。

曾在演講或與創作同好分享時提及過，我的第二本作品《億萬副作用 PURE GENERATION》是我將12萬字目標拆解成一年進行的旅程，12萬字除以一年52週，就是2307.7字，而我當時創作時間幾乎都是在週六下午，每週六只要完成約2300字，我相信一年過去，小說便完成了，當然隨著靈感猛爆與枯竭的拔河下，雖然每週目標達成率有所起伏，但是確實在孜孜不倦努力下，於一年內完成了作品。

原本以為我就是會按照這樣的頻率接著往下一個故事邁去，因為我是個對工作與生活貪心的人，太多有意思的事情與目標都在我每天的追尋之中，所以我的時間也很樂意地被分配了出去，所以每週給自己短暫的創作時光，是閃耀而期待的，但是《行屍別哭 CYRING WALKERS》卻給我了一個前所未有的「兔子洞」。

我陷了進去，像是一場夢一樣，那陣子，我每口呼吸都只是渴望這個故事的完成。

我那熱愛活死人題材的妻子一直叫我寫寫看活死人的小說，而那時候我電腦裡好幾個資料夾都擺著那蠢蠢欲動的新題材，怎麼可能輪到活死人，這完全不在我考慮的範疇下。然而就在一個神奇的夜晚，太太自顧自地說要自己寫寫看活死人的小說，當下我被慫恿到了，我的心情是：『寫小說應該是我在做的事啊！妳怎麼可以跟我搶？』這樣無聊的想法激發了我，我也跟著她開始構思故事，就是那幼稚的不甘示弱與一時起意，那一晚我倆在餐桌上各自用筆電開始創造各自的行屍新世界。

那天晚上我睡不著，翻來覆去到凌晨三點多，難得失眠實在痛苦，我獨自坐到客廳沙發上，拿出筆記本亂寫，亂寫得非常高興，《行屍別哭 CYRING WALKERS》整個故事的架構、角色、陣營，甚至是結局都這樣被我勾勒了出來，在我腦中歷歷在目，筆記潦草到一種極致，都是溢滿出來的想法急於註記下來的痕跡，我自己也很驚訝，而隔天早上去工作，精神狀況竟也意外的好。

有人說過，這種情況就是謬思女神來了，靈感檔不住，也曾聽過有信仰的作者說，那是上帝透過你的手而誕生的創作，靈光乍現，各種說法都有，相信有過這樣類似感受的創作者一定明白我在說什麼。

而掉進「兔子洞」這說法是我從一位導演朋友那裏聽來的，當時創作期間我跟他分享了心境，我把握每個空餘時間在寫這部小說，我內心甚至有種念頭，覺得吃飯睡覺非常浪費時間，我連搭電梯、上廁所都深深覺得，要是所有時間都讓我寫小說該有多好？好像創業者找到了自己信仰的產品興奮不已，這件事的重要程度像是我有一股氣卡在身體裡，不完成作品我就無法自在呼吸那樣地迫切，而且每天腦中滿天的情節可以敲入鍵盤，停頓大概都是因為身體暫時跟不上靈魂吧，就是那樣的瘋狂只想要寫完這部小說，好像唯有寫完，我才能回到正常的呼吸頻率。

好險，還有平日例行工作、吉他社團、小提琴課程、打籃球、閱讀習慣、還有愛我的家人朋友們，以及連帶的社交與活動行程，這些事情提醒了我，讓我還是很認真的工作、吃飯、參與生活，雖然那陣子我常常在兔子洞邊徘徊，但還不至於陷入兔子洞而跳脫不出來。

那個月，我密集用夜晚的空檔寫作，清楚在筆記本裡記載過程，我竟只花了20天的時間完成了《行屍別哭 CYRING WALKERS》，對於一個從來不是產量高的寫作者，這完全是超越了我預期的極限了。

導演朋友跟我說，掉到兔子洞是件很幸運也很不幸的事情，幸運的是，兔子洞不是那麼容易出現的，不幸的是，要是身陷其中無法跳脫，有些創作者不眠不休，甚至性命都賠了進去……

我想到了作家傑克・凱魯亞克（Jack Kerouac）在創作《在路上On The Road》的過程，他爆發的藝術衝動在一卷30米長的打字紙上敲打，整整敲了三個星期不眠不休，一氣呵成，或許就是這樣的狂熱心情吧！

經歷了這一遭，我開始思考到許多創作者對自己作品藝術的瘋癲，許多莫名的執著與沖昏頭，或是極端的作法與行動，這一切，我都開始給予尊重與敬佩，因為他們可能正在兔子洞內，我們身旁的人偶爾也該拉他們一把，但是不要拉太大力，不然他回不去兔子洞時，那是何等的損失啊！

無論您看完作品後感受如何，這些故事這都是我在兔子洞裡用力刻畫後與你分享的奇幻旅程，是我十分珍惜的寫作經驗，希望也能勉勵到許多有意在創作上的人們，當靈感來的時候，笑著抓住它吧！忙碌中做點調整，依然可以享受在兔子洞裡的歡愉與美好。

謝謝秀威資訊以及責編喬齊安的熱情力挺，讓「行屍」得以「復生（付莘）」！

謝謝我的妻子喬伊斯金小姐挖了這個坑給我跳，沒有妳，沒有這部作品，而也是因為有妳給我強大的勇氣，我才能不是行屍走肉，我們生活才得以有這麼多創意與行動力。

釀冒險16　PG1642

行屍別哭 Crying Walkers

作　　者	Neo
責任編輯	喬齊安
圖文排版	周妤靜
封面設計	王嵩賀

出版策劃	釀出版
製作發行	秀威資訊科技股份有限公司 114 台北市內湖區瑞光路76巷65號1樓 電話：+886-2-2796-3638　傳真：+886-2-2796-1377 服務信箱：service@showwe.com.tw http://www.showwe.com.tw
郵政劃撥	19563868　戶名：秀威資訊科技股份有限公司
展售門市	國家書店【松江門市】 104 台北市中山區松江路209號1樓 電話：+886-2-2518-0207　傳真：+886-2-2518-0778
網路訂購	秀威網路書店：http://www.bodbooks.com.tw 國家網路書店：http://www.govbooks.com.tw
法律顧問	毛國樑　律師
總 經 銷	聯合發行股份有限公司 231新北市新店區寶橋路235巷6弄6號4F 電話：+886-2-2917-8022　傳真：+886-2-2915-6275

出版日期	2017年3月　BOD一版
定　　價	240元

國家圖書館出版品預行編目

行屍別哭 / Neo著. -- 一版. -- 臺北市 : 釀出
版, 2017.03
面 ; 公分. -- (釀冒險 ; 16)
BOD版
ISBN 978-986-445-187-6(平裝)

857.7 106001947

讀者回函卡

感謝您購買本書，為提升服務品質，請填妥以下資料，將讀者回函卡直接寄回或傳真本公司，收到您的寶貴意見後，我們會收藏記錄及檢討，謝謝！
如您需要了解本公司最新出版書目、購書優惠或企劃活動，歡迎您上網查詢或下載相關資料：http:// www.showwe.com.tw

您購買的書名：＿＿＿＿＿＿＿＿＿＿＿＿＿＿＿＿＿＿＿＿

出生日期：＿＿＿＿年＿＿＿＿月＿＿＿＿日

學歷：□高中（含）以下　□大專　□研究所（含）以上

職業：□製造業　□金融業　□資訊業　□軍警　□傳播業　□自由業
　　　□服務業　□公務員　□教職　□學生　□家管　□其它＿＿＿

購書地點：□網路書店　□實體書店　□書展　□郵購　□贈閱　□其他

您從何得知本書的消息？

□網路書店　□實體書店　□網路搜尋　□電子報　□書訊　□雜誌
□傳播媒體　□親友推薦　□網站推薦　□部落格　□其他＿＿＿＿＿

您對本書的評價：（請填代號　1.非常滿意　2.滿意　3.尚可　4.再改進）

封面設計＿＿　版面編排＿＿　內容＿＿　文／譯筆＿＿　價格＿＿

讀完書後您覺得：

□很有收穫　□有收穫　□收穫不多　□沒收穫

對我們的建議：＿＿＿＿＿＿＿＿＿＿＿＿＿＿＿＿＿＿＿＿

＿＿＿＿＿＿＿＿＿＿＿＿＿＿＿＿＿＿＿＿＿＿＿＿＿＿

＿＿＿＿＿＿＿＿＿＿＿＿＿＿＿＿＿＿＿＿＿＿＿＿＿＿

＿＿＿＿＿＿＿＿＿＿＿＿＿＿＿＿＿＿＿＿＿＿＿＿＿＿

請貼
郵票

11466
台北市內湖區瑞光路 76 巷 65 號 1 樓
秀威資訊科技股份有限公司 收
BOD 數位出版事業部

....

（請沿線對折寄回，謝謝！）

姓　　名：____________________ 年齡：________ 性別：□女　□男

郵遞區號：□□□□□

地　　址：____

聯絡電話：（日）________________________（夜）________________________

E-mail：____